AGUAS DE ESTUARIO

Charco Press Ltd.
Office 59, 44-46 Morningside Road,
Edimburgo, EH10 4BF, Escocia

Aguas de estuario © Velia Vidal, 2020
Publicación original de Laguna Libros (Bogotá)
© de esta edición, Charco Press, 2024

La matrícula del catálogo CIP para este libro se encuentra
disponible en la Biblioteca Británica.

ISBN: 9781913867782
e-book: 9781913867799

www.charcopress.com

Edición: Carolina Orloff
Revisión: Luciana Consiglio
Diseño de tapa: Pablo Font
Diseño de maqueta: Laura Jones

Velia Vidal

AGUAS DE ESTUARIO

CHARCO PRESS

PRESENTACIÓN

La primera vez que conocí a Velia Vidal fue en el Hay Festival de Cartagena de Indias, en enero de 2022. En ese momento ya se había convertido en la primera escritora afrocolombiana becada por el Ministerio de Cultura de Colombia para la publicación de su libro *Aguas de Estuario*, una obra fundamental que leerás en las siguientes páginas. Y fue en 2022 cuando Velia Vidal fue elegida por la BBC como una de las mujeres más influyentes e inspiradoras del mundo.

Estuvimos juntas en esa ciudad amurallada, tan hermosa como atravesada por desigualdades de raza, clase y género, y allí pude sentir por primera vez la calidez de su literatura y la sabiduría de sus palabras a favor de la democratización de la lectura y el mejoramiento de la calidad de vida de la comunidad afrocolombiana.

Antes de proseguir con la presentación del trabajo de la autora, pienso que debemos hacer una reflexión crítica sobre la identidad Amefricana, pensada por Lélia González. Se hace necesario encontrar un proyecto editorial político que se encargue de diseminar obras literarias valiosas, escritas por mujeres negras de sur américa. Como brasileña, comprendo que mi país debe salir de su condición de isla en el continente y mirar más hacia los lados, no tanto hacia arriba. Con este movimiento, veremos la negritud sudamericana latiendo a través de las iniciativas de las letras que son fundamentales para entender nuestra propia identidad, que nos unió cuando nuestros antepasados fueron secuestrados y traídos a la fuerza a este continente. Incluso nos unió cuando vivíamos, durante el siglo pasado y hasta hoy, bajo la falsa idea de la democracia racial, una ilusión de que la situación de la población negra en América del Sur es una gran fiesta, sin apartheids.

¿Por qué empezamos por traer a Velia Vidal y su *Aguas de Estuario* a Brasil? Para nosotras, en el Sello Sueli Carneiro y la Colección Feminismos Plurales, coordinada por mí y publicada por esta valiente editorial Jandaíra, el trabajo de Velia Vidal ha sido profundamente inspirador. Hasta ahora, nuestra iniciativa ha visto más de veinte libros publicados, docenas de autoras brasileñas negras y cientos de miles de libros vendidos. En este viaje que comienza en las próximas páginas, intercambiaremos ideas con la iniciativa liderada por Velia, que también persigue de forma independiente su sueño de democratizar los libros, la escritura y la lectura afrolatinoamericanos.

Junto con la autora recorreremos el Chocó, un departamento de Colombia que está situado en el noroeste del país, está bañado por el Pacífico, tiene costas también en el Caribe, y tiene una inmensa mayoría de población negra. Su orgulloso pueblo chocoano ha moldeado la cultura afrocolombiana a lo largo de los años. Su capital es Quibdó, desde donde Vidal escribe la mayoría de sus cartas, que también nos presentan su pueblo natal, Bahía Solano, y nos dan un recorrido por una Colombia que necesita ser conocida por los lectores del mundo entero.

A través del libro, conoceremos los sueños, las inspiraciones y la fuerza de Velia para trabajar en su valiente Motete, iniciativa que dirige y en la que desarrolla una labor reconocida en la comunidad y a nivel internacional como transformadora, basada en la democratización de la lectura, la alfabetización y la organización de ferias literarias para promover la literatura negra, entre muchos otros proyectos.

El debut de Velia Vidal en Brasil marcó un hito en la asociación entre la Editora Jandaíra y Feminismos Plurais, abriendo el camino para un puente diaspórico entre Brasil y Colombia, cuyo intercambio está proporcionando al lector una increíble oportunidad de enriquecimiento intelectual.

Tenemos ahora la buena noticia de que Velia Vidal y *Tidal Waters*, como se titula su libro en inglés, se abrirán paso entre los lectores anglosajones, de la mano de la editorial Charco Press. Esta es una gran oportunidad para que las particularidades de las identidades afrocolombianas en particular, y afrolatinoamericanas en general, es decir, nuestra identidad Amefricana, sea conocida y comprendida en otras latitudes.

¡Feliz lectura!

Djamila Ribeiro
São Paulo,
20 de mayo de 2023

A mi destinatario, por estar sencillamente ahí.

Ya sabes, soy justamente como el Pacífico. Tengo esa manía de estar en calma y de repente armar unas olas grandes y fuertes, que golpean y cambian al final el paisaje. Cosas que le pasan a la gente, los giros de la luna, o simplemente la vida, me han hecho tomar una decisión que a muchos les parece extraña, pero que para nosotros es casi obvia. Y quiero contártelo anticipadamente.

A partir de la primera semana de julio, mi marido, mis gatas y yo ya no viviremos más en Medellín. Seremos habitantes de Bahía Solano. Nos vamos a vivir el sueño mientras lo hacemos.

Me gustaría contarte todo esto personalmente, poder ver tu rostro mientras te hablo, y que vieras el mío. Disfruto mucho escribiéndote, pero mirarte mientras te hablo es como leerte dos veces.

Te contaré un poco más:

Hace un par de años decidimos que íbamos a volver. Y el año pasado hicimos un plan a cinco años. Veníamos trabajando en ese plan. Mi trabajo estaba muy bien, y decidimos además que mi marido buscaría un empleo, mientras seguía trabajando con el pescado que traíamos de Bahía Solano.

A mi marido no le salió ningún trabajo y yo empecé a aburrirme en el mío. Luego pasó que a la mamá de Juana le detectaron cáncer en etapa avanzada, que Luis

Miguel tuvo ese infarto, y yo me tomé eso como muy en serio y dije: no puedo estar donde esté aburrida, hay que hacer cosas todos los días para estar felices y tranquilos a la hora de partir, con lo que sea que nos dé tranquilidad. Entonces decidí renunciar. Y lo que seguía era buscar algo que me hiciera más feliz, o que me diera tranquilidad, porque con el tiempo he ido descubriendo que la felicidad es eso, poder sentirme tranquila, librarme de los pendientes en la vida, incluso de los sueños aplazados.

A todo esto, lo sabes bien, se suma la insistencia de la endocrinóloga de bajarle al estrés, para ver si eso favorece mi tratamiento de la enfermedad de Graves. Mi marido me insinuó que no teníamos que esperar cinco años para irnos; podíamos ir construyendo todo mientras lo vivíamos. Y que las cosas básicas debían resolverse allá o acá. La ventaja sería que allá tendríamos el mar para calmarnos cada vez que las cosas se tornaran difíciles. Nos pusimos a hacer cuentas, a consultar cosas de nuestras obligaciones, y todo empezó a fluir. Eso nos pareció una buena señal, así que decidimos irnos.

Tenemos unos recursos para resolver las cosas de un par de meses, y estamos ahora evaluando distintos negocios para invertir y ponernos a trabajar.

Básicamente el sueño ha contenido siempre:

Vivir simple, estar cerca al mar, volver a estar cerca de mi abuela (ese es mío, pero mi marido me apoya porque sabe cuánto me importa), hacer una casa autosostenible, seguir consolidando la familia que tenemos, tener tiempo para leer y escribir, servir a nuestros vecinos (hay muchas formas de servir), tener una fuente de ingresos sólida que nos permita financiar esta vida con todo lo que incluye (como viajar siempre que sea necesario).

Ahora puedes concluir las razones del cambio, si es por aspiración, por deseo.

Me gustaría que nos tomáramos un café antes de irme. Por aquello de vernos y leer, además para darte un abrazo; al fin y al cabo, uno no se cambia de ciudad tan seguido y menos después de quince años viviendo en el mismo lugar.

Besos,
Vel

Hola,

Sé que han pasado meses sin escribirte. Quizás fue suficiente la breve conversación telefónica de septiembre, el día que te conté que estaba hospitalizada porque había adquirido una bacteria en el Litoral del San Juan. Me llamaste tan rápido que no estaba segura de si habías leído bien mi mensaje. Creo que luego te puse un mensaje para contarte que me dieron de alta y que me iba de nuevo, después de once días de hospitalización. Una visita de veinticuatro horas para volver a ver a mi esposo se convirtió en una estancia llena de antibióticos, porque los veinte años de vivir por fuera del Chocó me hicieron débil.

En el tiempo que llevo acá, además de la bacteria que me tuvo hospitalizada, me dio chikungunya, me salieron hongos en la piel y paños en la cara. Como si tuviera poco con mi enfermedad de Graves y el cansancio, el desaliento y las taquicardias que me produce a veces.

Debo contarte, a propósito de la enfermedad, que como respuesta a los exámenes del mes pasado que envié por correo, Olga, la endocrinóloga, me dijo «Por favor no vuelvas nunca más».

La semana pasada estuve en Pizarro, puedes verlo en las fotografías. Queda justo donde el río Baudó desemboca en el Pacífico. Aquí completé mis tres meses de aventuras en el Chocó. Llegar allá es complejo, dos horas en carro de Quibdó a Istmina, casi tres horas de Istmina a Puerto Meluk por una carretera en pésimo estado y luego otras dos horas y media en lancha por el río Baudó. Recorrí parte del Alto San Juan, del Medio y el Bajo Baudó. Una parte del Chocó que no conocía. Fue fascinante reconocer nuevos paisajes de esta tierra tan mía pero que me falta tanto por conocer. El Río Baudó y sus aguas que me parecieron enigmáticas, la inmensidad de los manglares de Pizarro. También la soledad de las veredas que se han ido quedando solas por la presión de los grupos armados.

También fue doloroso, me encontré de frente con un caso de malos manejos con la comida de los niños. Tuve que sacar mi parte más fría, enfrentar la situación y empezar a remediarla. Apenas empiezo a encontrarme con la parte fea, dura, en esto de hacer una supervisión al Programa de Alimentación Escolar. Tengo mucho que aprender. De suerte estaba cerca del mar, con su fuerza. De suerte en ese mismo lugar conocí personas especiales, transparentes, luchadoras.

No te he contado bien cómo acabé haciendo esta labor, pero ahora no quiero hablarte de eso.

Besos,
Velia

Bahía Solano, 31 de octubre de 2015

Las labores de la supervisión del programa de alimentación me llevaron ahora a Juradó. Vine ayer, estoy en Bahía Solano. En Juradó conocí a Simón y a Jodier.

Simón se pinta la media cara de rojo porque su mamá le enseñó que de esa manera se engañaba el diablo y entonces ya no lo podía asustar. Cuando grande Simón, que tiene nueve años, quiere ser soldado. A Simón le gusta la Jagua, pintura indígena en el cuerpo, a Jodier no. Jodier tiene ocho años y cuando sea grande quiere ser feliz. Jodier y Simón son primos, viven en Buenavista, una comunidad indígena a orillas del río Jampabadó, muy cerca de la frontera con Panamá.

Jodier y Simón me entregaron la batea que me regalaron en su comunidad. Una batea que hizo un anciano y que durante muchos años les sirvió para preparar la chicha. Viajé con mi batea de regreso a la cabecera municipal de Juradó, luego más de dos horas en lancha hasta Bahía Solano, y ahora tendrá un espacio en mi casa. Una casa que aún no se construye, pero que ya tiene garantizado un lugar para las historias.

La conversación con Simón sobre la jagua me hizo pensar en mis demonios, y me pregunto por los tuyos también, porque todos tenemos nuestros demonios. Simón tiene la Jagua, ¿cómo espantaremos nosotros nuestros demonios? ¿Cómo espantas los tuyos?

Quibdó, 12 d febrero de 2016

Hay algo que llamo Ausencia de mar. Es una sensación particular, una secuencia de emociones únicas que me llegan cuando ha pasado mucho tiempo sin encontrarme con el mar. Tiene algo de ansiedad, y es tan corporal –lo percibo en la piel– que podría también hablar de escalofríos. Me hace sentir una nostalgia que me pone al borde de la tristeza aunque sean días alegres. Entonces cada poro mío me reclama, y puedo saber a ciencia cierta que lo que me hace falta es el mar. Vernos, tocarnos, el mar y yo. Así que cada vez que tengo esa sensación debo salir corriendo al sitio más cercano donde por fin nos toquemos. Por ausencia de mar he viajado a Capurganá, a Necoclí y, por supuesto, a Bahía Solano en algunas ocasiones.

Hace mucho tiempo que no te escribía, no sé a ciencia cierta por qué, pero estoy acá porque empiezo a tener una sensación parecida a la ausencia de mar. En este caso sería como ausencia de ti. Intentaré ponerte al día con lo que ha pasado en este tiempo.

Por los días que estuve en Juradó había decidido venirme a vivir a Quibdó. Cinco días después de esa última carta que te escribí, organicé las pocas cosas que tenía en Bahía y me vine a Quibdó. Alquilé un apartamento central, y mi esposo me envió ahora sí el trasteo desde Medellín.

Ya traje a mis gatas, y ahora vivimos las tres, Mandarina, Sasha y yo, en esta ciudad caliente a orillas del Atrato. No tenía pensado regresar a esta ciudad, no me trae los mejores recuerdos de la infancia, pero muchas cosas han cambiado, no en Quibdó, sino en mí, entonces ahora la veo diferente.

Hace cuatro días soy la nueva jefa de comunicaciones de la Cámara de Comercio del Chocó. Parece que me hubiese quitado los shorts y las chanclas y me hubiese encerrado en una oficina, pero no es así. Es una gran oportunidad que me permite ver más cerca la casa de los sueños junto al mar, mientras puedo servir a mi tierra.

Mañana arranco un diplomado en promoción de lectura y, con él, mi proyecto Motete. Ya elegimos tres sectores de Quibdó donde empezaré a hacer los talleres.

La vida sigue siendo verde y azul. Desde diciembre no veo el mar, en parte porque vamos a ir a Brasil en agosto, a los Juegos Olímpicos, como lo soñamos hace años, entonces estamos sumando nuestros recursos a esta apuesta. Ya tenemos tiquetes y hospedaje. Vamos muy bien. Es por eso que aplacé un par de encuentros con el mar acá, para encontrarme con el de Río de Janeiro en agosto.

Me llamaron de Microempresas de Colombia para que les ayude en unos temas de comunicaciones. El lunes viene alguien de Medellín que es con quien suelo comunicarme. Te contaré qué pasa al fin. Me gusta mucho.

Te mando un abrazo,
Vel

Ayer hubiera querido hablarte, necesitaba una mirada más amplia y una voz de alguien más sabio que yo – entras en la categoría con mucha ventaja–. Necesitaba hacer una elección: ¿Seguir prestando servicios de comunicaciones (externos a mi trabajo en la Cámara) como una forma de financiar la promoción de lectura, o concentrarme en la promoción de lectura y encontrar la forma de que genere sus propios recursos?

El enano de las comunicaciones se está creciendo muy rápido. Es una necesidad en la región y yo cuento con las herramientas para vender un buen servicio; sin embargo, me empieza a quitar tiempo para el nuevo amor, es decir, para Motete, esta obsesión que se me ha vuelto lo de la promoción de la lectura.

Hablé con Juangui, me escuché y lo escuché, pude recordar a través de sus palabras lo que me pasa cuando me lleno de cosas que me alejan del fin que vine a buscar, que es poder dedicarme a las cosas que más amo, a lo que me llena el alma. Tú también sabes lo que me pasa, sabes que me enfermo, que me deprimo, que me enredo y luego no tengo fuerzas ni para levantarme.

Han sido meses de pocas dualidades. Así que esta es bienvenida. Finalmente gana el amor, como debe ser siempre. No cederé a la tentación de ser una gran comunicadora o de tener la empresa de comunicaciones que necesita el Chocó. Seguiré trabajando por ser la seño Velia, la que lee cuentos, a la que la gente mira (aquí la mayoría de la gente no te ve, sino que te mira, dicen por ejemplo: ayer te miré cuando estabas en el mercado) en los barrios con un motete lleno de libros, porque está convencida de que así es como podemos ir dándole la vuelta a esto.

Te quiero y quiero verte. Espero que pronto llegue el día, llevo mucho tiempo alimentando la idea de verte. Cuando te escribí la vez pasada me dijiste que nos viéramos cuando fuera a Medellín, pero no he ido, no ha habido necesidad, ya he hecho mi vida aquí, y aunque mi esposo no vive aún acá permanentemente, trata de venir con cierta frecuencia; así que ir a Medellín no es un asunto de primera necesidad, pero sin duda me gustaría ir, para verte, para ver a Juana, a Liliana, a Luis Miguel, a Juangui, a tantos amigos que hace mucho no veo. Supongo que de eso se trata el cambio de vida.

Abrazos,
Vel

Quibdó, 6 de junio de 2016

La semana pasada fue la segunda sesión con el club de profes y seños en el Banco de la República. Como los recursos del Banco están menguados, me propusieron que lo hiciera de una sola hora cada semana, y yo, emocionada con que nueve o diez profes estén interesados, los hago de dos horas. El Banco que me pague lo que pueda.

Nuestro club tiene dos líneas de trabajo, formación como lectores y formación como promotores de lectura. Resulta que los profes no son lectores, están en unos niveles tan bajos que no te alcanzas a imaginar. Así que fue toda una fiesta porque en nuestra sesión logramos leer tres cuentos.

Hicimos un ejercicio de lectura en voz alta y les enseñé un poco sobre el manejo de la voz, les hablé desde mi experiencia como presentadora. Nunca fue tan gratificante usar esos conocimientos y esa experiencia. Eso me hace muy feliz.

Mañana tengo una cita con la rectora del que fue una vez mi colegio. Tienen una renovada biblioteca, que además está un poco subutilizada. Quiero que sea el escenario para el club de lectura de crónica (para jóvenes) y del club infantil. Si su respuesta es un sí, empezaré la semana entrante por lo menos con uno de los dos.

Me propusieron, para la semana de actividad pedagógica, dar una charla sobre la importancia de la lectura a los profes de una institución que queda a orillas del río Quito, en la población de San Isidro. Espero estar allá, estoy ilusionada.

Y así se va armando esta historia. Así se va llenando de contenidos este Motete. El eslogan de mi proyecto es «Contenidos que tejen»; cada día me gusta más. Cada día me doy cuenta de que esos contenidos tejen en mí la realización y la felicidad. ¿Tú ya sabes bien qué es un motete? Creo que ya te había mandado una foto de uno. En esencia, es un canasto que usan los indígenas embera, wounaan y también la gente afro. para cargar la comida, y lo llevan con un bejuco que cuelgan de sus cabezas. Así les decimos a esos canastos en el Pacífico norte (Bahía Solano, Juradó y Nuquí) y en Panamá. El asunto es que toda la vida los motetes se han usado para cargar comida para el cuerpo: plátano, carne de monte, pescado. Nosotros proponemos llenarlos con comida para el alma: arte, cultura, libros. Así como los motetes son tejidos a mano, pensé que estos nuevos contenidos también arman un tejido, el tejido de la sociedad, de la comunidad, el tejido de las almas.

En algún momento —antes de lo que te imaginas— necesitaré de ti para que sigamos tejiendo un motete grande y lo sigamos llenando.

Desde diciembre no veo el mar y por supuesto lo extraño. Es una ausencia de mar larga y sostenida, pero a la vez elegida. Me hace mucha falta. Sin embargo, cada día estoy más segura de que lo tengo adentro, lo siento en el impulso que me lleva a trabajar por estas cosas.

Ha llovido mucho. Son unos aguaceros tan propios de esta selva, tan fuertes, que a ratos los veo indescriptibles. Creo en la fuerza de esta lluvia y estos mares.

Ya casi cumplo un año de haberme venido para acá. Ya casi nos vemos, por fin viajo a tu ciudad y podremos desayunar juntos. Es bello contar los días sin hastío. Los que han pasado y los que están por venir.

Con mucho cariño,
La Seño Velia

¿Cuál es tu objetivo? ¿Ocupar también el poco espacio de mi corazón que aún no era tuyo?

Pues sí, lo lograste. Me llenaste el corazón completo, te lo ganaste todo, con tanta disposición y ayuda para que lleváramos a Dayana a Medellín con motivo de su cumpleaños. Aquí he aprendido que muchas cosas, que para muchos son cotidianas, son un gran regalo para otros. Ana quería que su hija viajara en avión por primera vez, que conociera una ciudad. Tú y varios amigos lo hicieron posible.

En apariencia el regalo ha sido para otros, pero en esencia ha habido un gran regalo para mí. Poder contar contigo, poder contar con tantos amigos que se han dispuesto con sus familias y sus recursos para ayudarme a hacer realidad este sueño.

¿Ustedes sabrán que me están diciendo que me quieren mucho?

Un mar de gracias.

Besos y abrazos,
Vel

Quibdó, 23 de junio de 2016

Recorrer un día un tramo el río Quito junto a cuarenta maestros y cuarenta y cinco libros, encontrarme un par de días después con tres mujeres para hablar de la promoción de lectura en el Chocó, recibir ese mismo día una llamada de una mamá para confirmar que este sábado arrancan los clubes de niños y el de mujeres. Así voy leyendo otro Chocó, así descubro una nueva historia. Releo a Velia y descubro algunos rasgos de su carácter que parecen nuevos.

Aparecen personajes que realmente están escribiendo una nueva historia entre el agua y la selva. La noción de desarrollo se cuenta en un párrafo que pareciera paralelo, y personajes que en las lecturas habituales son principales ni siquiera aparecen en estas nuevas lecturas.

Hace unos meses decía con certeza que el Chocó es mi lugar en el mundo, el sitio donde debo estar, mi base, desde donde puedo ir a cualquier lado y aun así siempre volver, el lugar donde me siento llena así falte tanto, y no me equivocaba. Ahora sé también que ser la seño Velia es mi misión en el mundo; es como si fuera lo que me mandaron a hacer en la vida.

No sé si te lo mencioné con precisión, quizá no en una carta, pero sí cuando nos vimos antes de mi viaje definitivo para venirme a vivir acá; pero parte del impulso para cambiar tan radicalmente de vida fue que necesitaba sentir que mi existencia tenía sentido, que estaba dedicando cada día a algo que valiera la pena para mí y que al final de la vida me hiciera sentir orgullosa. Justo eso es lo que he encontrado en esto de ser la seño Velia, la que se encuentra con otros alrededor de los libros, la que intenta motivar a los niños a que amen la lectura y los libros tanto como ella, la que acompaña a los maestros.

El domingo estuve casi todo el día con mi papá. Cocinamos juntos, conversamos, vimos llover, tomamos café. Este es el lugar del universo donde pueden juntarse en una misma página todo lo que amo, todo lo que llena el alma, todo lo que me hace feliz; esto es, ya sabes, todo lo que me da calma.

En cuarenta días voy a desayunar contigo y en cuarenta y uno voy a ir por primera vez a otro país, donde veré otro mar, deportes y conoceré nuevos libros de literatura infantil con personajes afro. A media hora de aquí, todo lo que podría hacerme falta.

Feliz día.

Besos,
Vel

PD: Escribirte es contarme mi vida en otro tono. Es también un bálsamo para mí. Es tomar distancia y ver lo que soy y lo que hago desde una altura que me deja ver insignificantes algunas cosas que en la cotidianidad me abruman. Cuando dices que esto que te escribo te alegra los días, alegras también la mía. Escribir se vuelve entonces como un círculo de alegría entre nosotros.

Quibdó, 4 de julio de 2016

No sé si tengas noción del día exacto en el que nos conocimos. Para mí fue el día en que estuve con Luis Miguel en tu oficina. Íbamos a pedirte apoyo para un evento. Yo estaba muy nerviosa porque era mi cita de aprendizaje. Miguel quería enseñarme cómo se hacía eso de conseguir recursos para la cultura. Tú fuiste muy amable, como lo eres siempre, me diste una tarjeta y dijiste que podía escribirte al correo para que coordináramos todo. No había forma de imaginarse que esa reunión comercial se iba a convertir en una amistad.

Ya no recuerdo bien, pero creo que al final, cuando se materializó el apoyo, ya no trabajabas en esa empresa. Pero para ese mismo momento ya había nacido esta amistad. Muy incipiente aún, no era digna de llamarse amistad.

Ha habido momentos de cercanía y otros —la mayoría— de distancia. Un vínculo constante difícil de nombrar. Dificultad que no me interesa resolver. No creo que todo tenga que tener un nombre reconocido y validado. Es un vínculo que siento, que me mueve a buscarte, me hace escribirte, me lleva a recordarte. No necesito más que sentirlo para saber que está ahí.

Este 3 de julio completé 366 días de haberme venido de Medellín. 366 porque este año es bisiesto. Un año de estar lejos. Y quiero decirte, mi querido amigo, que nunca te sentí tan cerca.

Este año he caminado mucho, por agua de río, por agua de mar, por carreteras destapadas, en medio de la selva, con lluvia encima o con mucho sol. He recorrido el camino para encontrar lo que hasta ahora creo que es el sentido de mi vida. He corrido una maratón por mis sentimientos, por la forma de llevarlos. Y todo este año te he sentido aquí, muy cerca.

Creo que conoces como pocos los detalles de lo que me he encontrado en estos caminos. He podido compartir contigo lo que he visto y, como si eso fuera poco, te has hecho cómplice de mis aventuras.

Además de dedicárselo a mis aprendizajes y a la gente que ha llegado a hacer parte de mi vida en este tiempo, también te dedico este año a ti. A tu compañía constante, a la respuesta segura que tanto me alienta. A las palabras perfectamente organizadas para decir que nos queremos.

Quizá suena arriesgado esto de decir que nos queremos, lo que pasa es que a estas alturas ya no le tengo miedo a esos riesgos que se traducen solamente en felicidad.

Este lugar intangible y tan real es como un puerto para mis palabras. Ya sabes, vivo en un mar, y se me ha convertido en habitual volver aquí a descansar, a dejar un poco del alma. Tú te has convertido en uno de mis puertos.

Quiero seguir volviendo aquí, donde mi única inversión es tiempo, para recibir a cambio unas amplias sonrisas que puedo repetir una y otra vez con solo releer. A cambio recibo también la ilusión de verte, para que estas palabras se recarguen de rostro y de voz, y de vos.

Besos,
Veliamar

Me quedé pensando en lo que dijiste ayer en el desayuno y creo que es verdad, no tiene sentido que me dé pena compartir contigo lo que escribo, si ya sabes leer muy bien lo que quiero decir entre todo lo que te cuento.

Creo que siento miedo: me da miedo dejar que los personajes que he creado en esos cuentos ya no sean solo míos, sino que sean también de los otros. Aunque hayan nacido para ser de los niños y las niñas. Me da un poco de nervios descubrir qué puede pasar si esos personajes son ilustrados, interpretadas por las manos de un artista, y se convierten en personajes de un libro que muchos puedan tocar. Pero supongo que eso es una parte importante de eso de escribir.

Me gustó mucho llenarme de tu voz.

Reírnos, sentir que descubres mi verdadera historia entre las muchas palabras dichas de forma desordenada, contar las manillas que llevamos colgadas y su origen, saber cosas tuyas. Mirarnos. Eso es felicidad.

Te quiero.

Quibdó, 30 de agosto de 2016

En Río de Janeiro alguien que a duras penas conozco compartió conmigo, por tuiter, una convocatoria. Algún impulso me llevó a presentarme. Ayer supe que seré una de las veinticuatro personas que recibirá, con todos los gastos pagos, el Diplomado Pacífico de Escritura Creativa. Entonces estaré una semana en Tumaco, al mes siguiente una semana en una ciudad del Cauca, luego en el Valle y finalmente en el Chocó, trabajando con dos escritores sobre el ejercicio de escritura pensado desde esta selva, estos dos mares y esta mirada pacífica que, estoy segura, es de ojos grandes y negros.

Había varios criterios de selección, y debía enviar un texto construido previamente que demostrara calidad literaria y un vínculo entre lo escrito y el Pacífico como el territorio que habitamos. Entonces yo envié el cuento de Marinela con sus crespos que se mueven al ritmo de la brisa, el que te compartí hace un tiempo, y de vuelta me vino esta oportunidad. Se presentaron noventa y cuatro personas. Es todo un privilegio.

No sé si me vaya a hacer una gran escritora. Sé que tendré la dicha de meterme más Pacífico adentro, que seré empujada a saltar abrazada a mis letras al inmenso mar de la asesoría, la crítica, la exposición. Podré crecer. Y además, como resultado del proceso, será publicado algo que yo escriba. ¿Lo puedes creer? Te podrá llegar un libro de cordel con un texto de mi autoría.

Estoy asustada. Me sorprende a veces la materialización tan rápida de los sueños.

Tengo muchas cosas por definir y organizar. Aún no sé ni siquiera si la Cámara me dará permiso. Yo de todos modos ya tomé la decisión de hacerlo. Mientras tanto me ocuparé de decisiones más importantes, tengo que definir si firmaré como Velia Vidal Romero o como Veliamar. ¿Tú cuál prefieres?

Besos,
Vel

Quibdó, 27 de septiembre de 2016

Querido amigo,

Tenía un especial afán de escribirte desde la semana pasada, pero no había encontrado el momento. Quizá mi afán tiene que ver con que decidí cargarle un poco más a este espacio de lo que hasta ahora ha recibido. Me imagino que soy como Anansé, la araña, que una vez ha tejido su red decide ponerla a prueba, y como es una araña que cuenta historias, entonces no tiene otra forma de probar lo que ha tejido sino con otras historias, con unas que tienen mayor peso. Bueno, tomaré el riesgo de probar esta red que hemos tejido con palabras durante ya un largo tiempo.

Como tantas cosas, esto no tiene mucha explicación, pero si quisiera encontrar una razón para traer aquí todo lo que ahora traigo, para cargar este espacio de cosas nuevas e íntimas, creo que se debe a que siento que este es un puerto seguro.

Probar la red puede romperla o puede tal vez fortalecerla. Ya veremos, querido amigo; por ahora, aquí voy:

Si quisiera definir en una palabra lo que fue este viaje, diría desnudez. El Diplomado Pacífico en Escritura Creativa ha sido más que nada una abrupta exposición de esa tímida intención de convertirme en escritora. Debí desnudarme y decirme mis verdades sobre asumir semejante viaje, y en esta primera sesión, como siempre que uno se desnuda por primera vez, me sentí incómoda, me sentí evaluada aunque no hubiese evaluación de otros, me sentí cuestionada en mi capacidad de enfrentarme rigurosamente al oficio de escribir e incluso al acto de leer. Al final me enamoré de esa incomodidad, descubrí que es un buen punto de arranque o, aunque luego descubra que será la constante, es un muy buen punto para llevar la mente, las emociones y las figuras literarias al máximo uso hasta decir lo que quieres que tus letras digan, con tanta melodía como la de una marimba bien interpretada.

En Tumaco desnudé mi cuerpo. ¿Quién iba a pensar que tantos kilómetros al sur iban a ser el escenario de un encuentro con un amante? Me suelen pasar cosas curiosas, llenas de magia, y creo que esta no es la excepción.

A este amante lo conocí hace unos años y en estos años, contando el de Tumaco, hemos tenido solo tres encuentros sexuales. Persistir en la idea de que hemos sido amantes es más bien el resultado de haber convivido con la intención de amarnos cada vez que sea posible, de desearnos siempre, de entender que hay un vínculo que sobrepasa lo intelectual o la fascinación por las mismas cosas y que se vuelve cuerpo. Con tan mala, o tan buena suerte quizá, que estos instantes han sido muy pocos, y para mi sorpresa, sorpresa de mi amante y rarezas de la vida, cada encuentro ha tenido como escenario un lugar diferente, distantes uno del otro.

Hace un tiempo estoy sintiendo que nuestra historia viene en decadencia: aunque tuvimos unos meses atrás unos instantes de oportunidad, no accedí ni siquiera a besarlo –así es uno con los amantes–. No entendí entonces por qué tenía la decisión clara de que en Tumaco sí. También me lo preguntó mi marido,

¿por qué en Tumaco sí, y no había aprovechado antes las otras oportunidades? ¿Por qué dije antes que no quería acostarme una vez más con él y ahora tenía la clara resolución de hacerlo?

Te estarás preguntando sobre el conocimiento de mi marido del tema, así que intentaré explicarlo brevemente. No somos exactamente una pareja abierta, somos un invento raro, muy nuestro, en el que pasan estas cosas. Supongo que este invento es producto de muchas conversaciones, desencuentros e infidelidades que logramos poner sobre la mesa y que nos llevaron a aceptar que es improbable eso de amar solo a una persona eternamente. Decidimos quedarnos juntos en la idea de que es posible construir juntos un proyecto de vida, y admitir que a veces aparecen otras personas con quienes queremos tener encuentros sexuales y que eso no tiene que romper el proyecto de vida. También hemos concertado eso de conversar al respecto de las cosas que nos pasan. Creemos que mucho de lo que alimenta esas situaciones extramatrimoniales es el misterio, que al ocultarlas las cargamos también de drama y de importancia, y que al final son simplemente historias humanas, experiencias que vivimos todos.

Volviendo a lo de Tumaco, creo que tal resolución se debió a que quise aceptar el juego que me proponía la vida con tan curiosa casualidad. Yo no tenía idea de que me ganaría una beca, que sería en el Pacífico y que arrancaría en Tumaco; no tenía idea de que mi antiguo amante iría al bello puerto de la frontera sur por los mismos días que yo, y que mi agenda y la suya darían para que este encuentro se diera. Pocas veces la vida te sirve un juego tan curioso, ¿quién soy yo para despreciarle la invitación?

Descubrí, sin embargo, que la vida tenía detrás de su juego mucho para dejarme. Mi amante llegó a la habitación antes de lo que yo pensaba, yo ya estaba desnuda, pero para darme un baño; él tocó la puerta, y yo me acerqué a abrir cubriéndome un poco por si había alguien más en el pasillo. Alcancé a entrar a la ducha, luego secarme y acercar mi cuerpo al suyo, que ya estaba desnudo en la cama. Con su lenguaje de humedad, mi cuerpo de mujer me anunció lo fácil que sería y entonces me dediqué a sentir lo que traía esa piel, cuyas marcas hablaban de los años que me lleva de ventaja en el vivir. Mientras tanto me preguntaba —y alcancé a preguntárselo a él— qué hacía que a pesar de tantos años y tanta distancia persistiera tanto deseo. Pensé también en lo absurdo de ese vínculo sin expectativa, de ese deseo en tanta ausencia y en lo poco que pienso en ello regularmente.

Pasaron las caricias, una que otra posición fuera de lo normal, los orgasmos —uno por lado para ser fiel a la verdad— y simplemente sobrevino el final. Conversamos un poco, de Tumaco, de ese juego curioso de la vida. Luego, cuando ya los ojos se me caían, decidió que la noche terminaría separados, me dio un par de besos en los labios que no supe responder, quizá por el sueño, quizá porque sabía que ese era el final.

Lo que empezó sin anuncio en el celular terminó igual. Hasta hoy no ha habido un «Buen viaje de regreso», un «¿Cómo llegaste?» ni un tímido «Hola» en nuestros celulares. Su nombre se asoma en la ventana de usuarios activos en el chat de Facebook, pero mis dedos, que son como mariposas cuando se animan a escribir, solamente quieren estar quietos.

De regreso a mi casa solo pude decirle a mi marido «No te diré que no lo disfruté, solo que no fue una gran faena. Creo que fue el final de la historia».

—¿Y cómo te sientes con eso? —preguntó.

—Muy tranquila, creo que ya era hora. Estos años

han sido suficientes, aunque solo hayan sido tres polvos. Todo se acaba. O tal vez sea el momento de un nuevo amante en su lugar.

En Tumaco decidí desnudarme aquí. Se me antojó escribir sobre esta forma de ver el mundo, de vivir las sensaciones del cuerpo, de relacionarme con los hombres desde el cómodo y placentero lugar que es mi matrimonio. Quizá en irme desnudando en las letras desnudaré también la esencia de esto y le hallaré un placer más a esta bella libertad. Ya te lo dije, siento que este es un puerto seguro, donde puedo dejar estas cosas sin más pretensión que dejarlas. Sé que se trata también de desnudarme contigo, lo cual es un riesgo. Sin duda, uno que ya decidí correr.

Abrazos,
Vel

Quibdó, 20 de octubre de 2016

Querido amigo,

Tengo muchas cosas que contarte. Por ejemplo, ya tomé la decisión de irme de mi empleo. Prometo escribir pronto sobre Motete y esas decisiones prácticas de la vida. Lo que pasa es que me pueden más estas historias que son como la poesía. Me gusta contarte más los versos que la prosa de esta vida, que de todos modos, en verso o en prosa, es emocionante.

Como te anuncié, te escribí una carta en Guapi y la leí en público. Lo hice por el reto de desprenderme de lo que escribo, de entender que eso que se escribe le pertenece a los otros y no es precisamente un tesoro del alma. Es uno de los trabajos del Diplomado Pacífico.

Lógicamente las cartas que te escribo no son para publicarse, pero se juntaron dos cosas importantes: una es que si me dicen «Haz una carta» lo primero que pienso es en ti; y otra es que era un verdadero salto al vacío poner en público algo que lleva mi alma. Era mi oportunidad de enfrentar ese miedo a desnudarme con lo que escribo. Te confieso que sentí el calor que subía por mi rostro mientras leía, la lengua me pesaba, pero a la vez era como estar aquí, en este lugar que me llena de alegría y calma, entonces fue realmente especial. Un paso muy importante en esto de hacerme escritora.

Gracias por estar por ahí, aun sin saberlo.

La carta que hicimos corresponde solo a los dos primeros días de viaje. Quedó por fuera, entre otras cosas, que estuve en Gorgona, vi ballenas de nuevo y fue como la primera vez, oí su canto mientras careteaba y disfrutaba de los peces del arrecife de coral. Es muy duro para el alma ver las ruinas de la cárcel, pero alienta ver cómo la naturaleza se ha ido tragando todo.

Terminé la semana en el hospital, luego de una aparente intoxicación. Las condiciones de salubridad no son buenas y por lo visto mi estómago aún tiene mucho de citadino.

Regresé con el alma llena. Repleta de lugares y rostros nuevos, repleta de aprendizajes, de paisajes, de Pacífico. Acá va la carta:

Querido amigo,

Ya sabes que estoy en Guapi. Las fotografías que te mando por el celular suelen darte la información que no escribo anticipadamente. Como bien lo dijiste en respuesta a las fotos que te envié, Guapi es hermoso; supondrás que aquí también me siento como en casa, por aquello del mar, de la selva, de los mariscos, del agua, de la gente negra. Me sorprende mucho que pueda haber tantas similitudes entre lugares tan distantes. Finalmente, esa es la única razón que puede hacer que me sienta tan bien.

Encuentro aquí mucho de mi Chocó, mucho de mi lugar en el mundo, mucho de mí.

Descubrir este Pacífico es también ir detrás de múltiples historias, es ir encontrando palabras que me permitan hablar de él, es de cierto modo una lucha por intentar decir lo que parece indecible.

Si tuviera que elegir una palabra para describir lo vivido en Guapi durante estos dos días, seguro sería resistencia. Lo fácil es pensar que está relacionado con que se trate de un pueblo negro; eso de resistir parece de mujeres, homosexuales y negros, pero aquí lo he sentido de otro modo.

El río Guapi es un gran río. Me recordó al San Juan especialmente cuando pasa por Docordó, esto es cuando está desembocando en el Pacífico por uno de sus brazos. En ese punto el río corre hacia atrás. La fuerza de las mareas del Pacífico lo obliga a hacer algo que se supone que no hacen los ríos, el agua que baja parece devolverse; pero entonces el río se resiste a dejar de ser río, conserva su cauce, su color, pero corre hacia atrás, aunque se resiste. A ratos pareciera que esa resistencia lo lleva a una especie de suspensión. Creo que es el momento en el que la marea deja de subir para empezar a bajar; puedes descubrir que no es quietud, es resistencia.

También con la sal de sus aguas, el Pacífico intenta penetrar estos ríos, a lo que igualmente se resisten, entonces el río Guapi sabe un poco a mar, pero también sabe a río Guapi.

Ayer, luego de llegar y disfrutar un rato del paisaje del río Guapi, tuvimos una conversación con tres representantes de una corporación que se llama Chiyangua. Ellos tienen un trabajo de hace veintidós años con las comunidades y en particular con las mujeres de Guapi; entre muchas cosas, encontraron en sus azoteas una forma de resistir, han recuperado el cultivo de plantas medicinales, aromáticas y condimentarias como el cilantro cimarrón o el poleo, que ya se habían perdido. Han recuperado recetas tradicionales que ya estaban olvidadas. Ellos se resisten a que lo que son, lo que saben, desaparezca; se resisten a perder sus aromas y sus sabores y a que detrás de eso se vaya su forma de vida.

Luego de almorzar mariscos –te imaginarás lo mucho que lo disfruto– fuimos a una comunidad hacia el sur que se llama Chico Pérez. Hay que atravesar un canal artificial que le hicieron al manglar para salir más rápido a la bocana, y entonces encontrarse con la bahía, saludar al mar no exactamente de frente, pero sí juntarse con sus aguas.

Chico Pérez tiene este nombre porque su fundador era de apellido Anchico. Ya los Anchico se han muerto, o muchos se han ido. Hay muy pocos en la población, pero este pueblo se resiste a dejar de ser un lugar de pescadores. Ya no vienen los barcos de Ecuador a recoger las pianguas, pero ves cómo las acumulan debajo de las casas de palafitos en el manglar, para que sigan vivas hasta tener los cientos suficientes para ser vendidas a un intermediario que las lleve a Ecuador.

No opera el cuarto frío que había, y por la minería hay cada vez menos mariscos, así como menos jóvenes dispuestos a dedicarse al oficio de pescador. Pero en las mañanas aparecen los gualajos y las corvinas para ser compartidos entre las cuarenta y cinco familias de la comunidad, o antes del mediodía el olor a langostinos en salsa de coco te hace recordar que persiste el sabor propio de los frutos del mar del Pacífico sur.

En la tarde, alguno de los vecinos dedica sus horas a reparar las redes para pescar que han roto los motores a su paso. Puntada a puntada, se resisten a colgarlas; saben que el mar aún tiene cómo seguirlos haciendo pescadores.

Junto al muelle, en una pequeña isla de manglar, ondea una bandera de las FARC. Su presencia aquí no desaparece aún, es una presencia que resiste en Chico Pérez, en Guapi, aunque en el resto del país creamos que estamos muy cerca de acabarla. Solo se ve la bandera. No vimos a ninguna persona armada, pero esa bandera basta. Es símbolo suficiente para saber que están aquí, y así como la bandera que nadie se atreve a quitar y que ondea al ritmo de la brisa del Pacífico, resisten.

Querido amigo, ni la marea del Pacífico ni las corrientes del río Guapi me trajeron nuevos amantes. No ha habido espacio para pensar en nada erótico, y el único devaneo vino por cuenta de Miller, un niño de unos seis años que asegura haber encontrado tres novias entre las visitantes que llegaron a su pueblo y una de ellas soy yo. Sin embargo, he comprendido que mi resistencia es el amor intenso.

Ya te hablaré más de eso, será una nueva excusa para escribirte. No creas que he olvidado las cartas que quedaron pendientes después de Tumaco: me gusta que queden cartas pendientes, son una buena excusa para resistir en este palenque que también son las letras.

Abrazos,
Veliamar

Quibdó, 22 de octubre de 2016

Querido amigo,

Así como tú amas mis historias, yo amo tus respuestas breves. Lograr decir tanto con tan pocas letras es privilegio de pocos.

Sabes cuánto amé trabajar recorriendo Antioquia. Que me escribas desde sus pueblos me trae recuerdos con aroma de buen café. No planeaba detenerme aún en precisar detalles sobre mi forma de resistir. Confieso que me retaste y descubro entonces que hay textos a los que les viene mejor la oralidad y la presencia, pero acepto el reto.

Yo soy como el mar Pacífico, que presiona con sus mareas al río y lo hace ir contra corriente, que se mete abruptamente a la tierra cada vez que sube y va ganando centímetros a su antojo. Se necesitan razones fuertes para permanecer en este modo de vivir que no es precisamente una pelea con el mundo, sino la certeza de tener tu propio rumbo.

Ahora sé que mi razón es el amor intenso. No concibo otra forma sino amar desmedidamente esto que he ido haciendo de mí. Me salva la pasión intensa por mi forma de leer el universo y por este lugar en el mundo que me he creado.

Amo intensamente mi libertad, amo intensamente a la gente que amo, me sostiene en mis ideas el profundo amor que siento por ellas y por la forma en la que las he construido. Amar así me permite resistir aquí. Amar así es lo que me da las fuerzas para vivir como las mareas, bajando a veces, pero regresando con fuerzas. Arrojándome sin certezas, solo con la tranquilidad y la ilusión que da el amor.

Me pregunto si todos tenemos alguna resistencia, si nos oponemos a la acción de algo en nuestras vidas, si nos negamos a doblegarnos, o si tenemos un lugar construido para oponernos, o si tenemos siempre algo a qué oponernos, algo que evitamos y en contra de lo que vamos, o si hay gente que no se opone a nada, que todo en su vida va en la misma corriente, que no tiene fuerzas que lo presionen en sentido contrario a lo que aparentemente desea. Tú, por ejemplo, ¿tienes alguna resistencia?

Me pregunto también si lo de desmedidamente es real: ¿Habrá un límite en ese amor? ¿Habrá un límite en esa convicción del camino elegido o en la seguridad de la vocación que creo propia? Quizá sí lo haya, y puede ser el momento o el lugar de donde provienen los cambios, las deserciones.

Por ahora yo siento el amor desmedido y tengo memoria de sentirlo así hace un rato.

Besos,
Vel

Quibdó, 24 de octubre de 2016

Nuestros cuerpos, querido amigo, están hechos para el placer.

La semana pasada mientras nadaba en Gorgona, mirando a través de la careta hacia el fondo del mar, con movimientos suaves, sentía que el agua del mar acariciaba mi piel, y me deleitaba en el placer de mirar. Qué placer fue probar la arazá recién cogida del árbol. Sentir la acidez en la boca, pasar mi lengua por los labios un poco hinchados y sensibles por la mezcla de ácido y sal.

Siempre que camino por la playa disfruto el placer de la arena que se mete entre mis dedos. La brisa del mar me enreda los crespos, con una suavidad tan placentera que olvido que el final será un enredo de grandes proporciones en mi cabeza.

Debes conocer muy bien el placer que deja un buen café, al olerlo, al saborearlo. Y qué hablar del placer que nos generan los buenos libros. Y las melodías en los oídos, como el canto de las ballenas por debajo del mar, como las voces suaves en la intimidad. O las voces que inventamos al leer las líneas de quien nos escribe.

Está el placer de sentir nuestro propio cuerpo, las emociones que nos podemos dar en la soledad. Como anoche, mientras pensaba en lo que te escribiría sobre el placer.

Y está el placer por descubrir en los otros cuerpos. El que no se ha descubierto aún, porque hay también placer en imaginar lo que sabemos que será placentero.

Pensar en el placer me hace pensar otra vez en la resistencia, se me hace ahora que hay cierta contrariedad. A veces resistir y a veces no resistir, dejarse vencer. Me pregunto otra vez sobre lo que me hace resistir cuando decido hacerlo y qué cosas me derrumban todas las resistencias. Al parecer la respuesta sigue siendo la misma: el amor.

Veliamar

Quibdó, 21 de noviembre de 2016

Querido amigo,

No comprendo muy bien mi interés en compartirte estas cosas, pero ya está, por algo te habrás ganado este voto de confianza. Ya he dicho antes lo del puerto seguro.

A veces siento que hay una mujer vieja en algún lugar del universo tejiendo con cuidado y detalle mi vida. Siento que no se le escapa nada, que no olvida mis viejos deseos, que le gusta jugar a hacer casualidades encantadoras para regalarme sonrisas, que va poniendo hilo tras hilo meticulosamente. No sé bien si el producto final es como un motete, o se parece más bien a una mola por aquello de los colores, o es un motete de muchos colores.

Bien, hace algunos años conocí un hombre que me gustó, y por esas osadías de la vida se lo dije en un evento. Pero ya nunca más volvimos a vernos. Le conté también a una amiga, cuya referencia fue que lo conocía y básicamente dijo algo así como que no estaría a mi alcance. Mi respuesta fue simple: pues bueno, me gusta y ya lo sabe, eso me basta.

El sábado, con motivo del festival que ahora hacen acá, ese hombre estaba aquí en Quibdó. Lo vi en la tarde, pero a duras penas recordaba que en efecto lo conocía. Una sonrisa distante y un «Hola» a unos metros de distancia me bastaron. Pero él decidió acercarse, pidió permiso en la conversación para saludarme con un cálido abrazo y hacerme un par de preguntas sobre mi ausencia en Medellín. Alcancé a explicarle que ahora vivo acá, y lanzamos la promesa habitual del «Ahora nos vemos».

No tendría problema en aceptar aquí en esta carta si lo hubiese deseado esa tarde o si me hubiese quedado pensando en él. Pero la verdad es que no lo hice. Luego de un par de horas estaba en el concierto muy animada esperando la hora del mejor grupo de chirimía del momento.

En un instante lo vi desde lejos y recordé que me gustaba, se lo conté a una amiga y ella me recordó que él le gustaba a muchas chicas. Mi respuesta fue: a mí no me importa ser del montón. En mi mente persistía la idea de que no había ninguna posibilidad de nada, así que me conformaba con ser una más a quien le llamaba la atención.

Un par de horas después nos cruzamos accidentalmente, nos saludamos y prometimos vernos enseguida. Esta vez sí fue cierto. Y entonces me recordó la última vez que nos habíamos visto y conversado, casi cinco años atrás. A estas alturas ya había pasado suficiente pipilongo, aguardiente platino, cerveza y viche por nuestras bocas, y entonces todo fluyó con facilidad. Sin embargo, nada había detonado fuertemente en mí hasta ese momento, ni el par de besos que nos dimos mientras bailábamos muy apretado lo que otros bailaban bastante sueltos.

Solo en su habitación de hotel, cuando se lanzó directamente entre mis piernas con su boca y marcó el primer contacto de los cuerpos desnudos, sentí que iba a explotar de tantas sensaciones juntas.

Admiró las proporciones matemáticas de mi nalga

grande y mis tetas pequeñas, celebró el contraste de mi piel con la suya, así como la suavidad cuando ambas rozaban una y otra vez.

Nos sorprendimos, porque yo también lo hice, de la facilidad con que se dieron ciertas cosas que en otros encuentros sexuales son todo un ritual y requieren tiempo. Nos preguntamos muchas veces si se trataría del efecto del pipilongo y nos prometimos sexo intenso cada vez que coincidiéramos en algún lugar del mundo. Creo que en su caso el asunto fue movido por el fetiche de estar con una negra en el paraíso que es esta tierra. La verdad es que no tengo mucha fe en la espiritualidad o profundidad emocional de muchos hombres. Creo que en mi caso fue la celebración del regalo aquel de tener lo deseado, aunque incluso yo ya hubiese olvidado aquel deseo.

La sincronía de ese encuentro, su intensidad y perfección contrastaron con lo disonante que siguen siendo estos eventos de gente de afuera en nuestra villa de chocoanos. Estamos bailando ahora un poco mejor en pareja, empezamos a entender lo que quiere Quibdó y viceversa, pero falta aún un buen camino para que coincidan tan armónicamente como mi cuerpo y el de este hombre a quien podemos llamar simplemente artista, bien por su oficio o por la obra que hizo esa madrugada con mi cuerpo.

No creo en las promesas de sexo intenso venidero. No sé siquiera si volvamos a tener una conversación interesante. Solo supe sentir. Solo supe vivir mi propio detonante, a la espera de que en esta ciudad detone más que sexo gracias a los proyectos que valgan la pena.

Abrazos y besos,
Vel

Quibdó, 23 de noviembre de 2016

Querido amigo,

Sé que mis historias traerán a veces mi locura, otras tantas veces mi contemplación del mundo, de vez en cuando mis tristezas o te darán cuenta de lo cuerda que puedo llegar a ser.

Supongo que una forma de resumir la vida sería también contar las etapas que hemos tenido en nuestro modo de relacionarnos con el sexo. Quizá sea justamente por esa capacidad que tiene el sexo de ser tan espiritual o tan básico, descarnado totalmente o una profunda conexión del alma. Logra incluso ser ambas cosas a la vez.

A estas alturas de mi vida sexual, que no es demasiado amplia pero sí muy reflexionada, dudo que no exista la posibilidad de mezclar a veces las conexiones cortas con las conexiones absolutas, de hecho es la dinámica que se me hace más sana, en la que encuentro la libertad de vivir sin limitarme y sin sentir que dejo pendientes a mi placer.

Tiene mucho encanto eso que estás viviendo ahora. Alimenta el espíritu. Hay momentos para todo. Seguro habrás tenido ya, y te volverán, los estadios donde gobierna el placer y uno recuerda que vale la pena no resistirse.

Creo que lo que me ha permitido estabilidad es ese juego entre la conexión absoluta y las conexiones cortas; es tener todos mis sentidos en un solo proyecto de vida, como ya te contaba que lo he conversado, revisado y analizado con mi marido en tantas ocasiones, y desde ahí, de ese lugar que también es un puerto seguro, permitirme a veces el placer pensando solo en los sentidos.

Deseo que logres tu propósito de buscar conexiones absolutas y huir de las conexiones cortas. Es muy bello estar en una etapa puramente romántica. Puedo dejar mis historias sexuales para después, para no perturbarte, o bien podemos seguir hablando de todo, ya sabemos de sobra que en las historias del otro encontramos caminos sobre las nuestras.

Me siento halagada con tu confesión.

Besos y abrazos.

Quibdó, 29 de noviembre de 2016

Grisela tiene los ojos como dos aceitunas negras, lisas y muy brillantes. Su cabello es rizado y negro, muy negro, como hecho de finas hebras de la noche. Su piel es oscura y lustrosa, más suave que la piel de la pantera cuando juega en la lluvia. A su mamá le encanta peinarla y veces le hace unas trencitas. Grisela es como la Niña Bonita de Ana María Machado, y la tarde del domingo escuchó atentamente este cuento que leímos juntos mientras comparábamos las ilustraciones de la versión en portugués con las de la versión en español.

Grisela ha ido domingo tras domingo a escuchar los cuentos con sus hermanos menores, Ana Pastora y Hainover.

Este domingo, cuando ya nos habíamos despedido y me disponía a irme, fui a lavarme las manos en un tanque donde recogen la lluvia y, al voltear, esta niña bonita venía llorando desconsolada, temblando. No habían pasado más de quince minutos desde que nos habíamos despedido. Al verla abrí los brazos y pregunté qué había pasado, y Grisela se lanzó sobre mí y me abrazó muy fuerte, mientras me decía «mataron a mi hermanito».

Sus lágrimas caían sobre mi falda, las mías se acumulaban en mi pecho, no supe qué hacer en el instante.

Me pidió que le ayudara a desbloquear un viejo teléfono celular que tiene su mamá, luego la acompañé a su casa, que en realidad es un rancho con piso de barro y tablas precarias convertidas en paredes, donde la limpieza contrasta con la pobreza.

Conversé un poco con la mamá de los niños, me explicaron cuál era el hijo al que habían asesinado, un joven de dieciocho años que estaba trabajando «por los lados de Río Iró». Le hablé de la inteligencia de sus hijos, y de la intención que había tenido —de la cual afortundamente ya desistió— de mandar a Grisela a vivir con la madrina.

Grisela me dio otro abrazo, otro que parecía no terminar. Sus brazos rodeaban mi cintura lo más fuerte que ella podía y las lágrimas caían una y otra vez.

Lo único que se me ocurrió fue dejarles un poco de dinero, el poco que suelo llevar allá por asuntos de seguridad. Y me fui, mientras me retumbaban en la cabeza los «Gracias, seño».

¿Gracias de qué? Yo solo ofrezco un cuento. ¿De qué sirve leer cuentos en una vida tan dura?

Eso me ha tenido muy triste. Esa tarde lloré, ahora lloro. Me hago muchas preguntas. Siento que lo que hago vale la pena, pero no sé hasta dónde. Los niños nos esperan, corren detrás del bus cuando me ven por la ventana, ya no se golpean mientras leemos, no se maltratan, responden a las preguntas que hago sobre los cuentos que leemos. Aún tengo la viva imagen de la primera vez, leía con cuatro niñas, ahora llegan cuarenta, cuando menos, treinta y cinco.

Son demasiadas necesidades y yo solo ofrezco leer un cuento sentados en el piso.

Gracias por estar aquí para que me desahogue.

Te quiero.

Quibdó, 12 de diciembre de 2016

Hola,

La primera semana de diciembre fue el último encuentro del Diplomado Pacífico, ahora solo nos hace falta entregar el texto final para la publicación. No te conté nada del encuentro en Buenaventura; en realidad no pasó nada fuera de lo normal ahí. Era más importante hablarte del amante de los días posteriores.

Te quiero contar que el domingo recibí la buena noticia de que al hermano de Grisela no lo asesinaron. Hubo una confusión, él vino la semana pasada a visitar a su familia, a decirles que lamentaba el malentendido, que podían ver que estaba vivo. Quisiera uno que siempre fuera así.

Este fin de semana fue el cierre de los dos clubes infantiles. Estuve muy contenta, hasta las lágrimas. Me parece increíble que esto sea una realidad.

¿Sabes que eres parte importante de esto? ¿Sabes que eres parte importante de mi vida?

Mi querido amigo: como todos, yo también tengo un padre. Él es un hombre joven, de cincuenta y cuatro años —para esta hija tan grande. Ha sido estudioso y trabajador. Se ha hecho a pulso, esforzándose por estudiar y tener una hoja de vida impecable, ha sido alcalde de Bahía Solano, secretario de Gobierno y de Hacienda en el Departamento del Chocó, fue gerente de la Fábrica de Licores del Chocó y además ha liderado importantes proyectos productivos en el departamento. Siempre lo he admirado mucho por su carrera profesional.

Cuando nací mi papá tenía veinte años y estaba estudiando su carrera de administrador público en Bogotá. Entonces me quedé con sus padres, mi abuela Belisa (la persona que más quiero en el mundo, a quien le heredé el carácter y mucho de mi apariencia física) y mi abuelo Toñera (Manuel Antonio Vidal). Mi abuela era panadera y mi abuelo el motorista de la Universidad Tecnológica del Chocó.

Siento que por las circunstancias mi papá no tuvo tiempo de hacerse a la idea de que tenía una hija. Mi mamá era más joven aún y no había terminado el colegio, así que se vino a Quibdó a estudiar mientras yo estaba con mis abuelos.

Mis abuelos eran mi papá y mi mamá, y sus otros nueve hijos eran mis hermanos. La casa de mis abuelos en Bahía Solano era el paraíso. El olor a pan, la costumbre de sacar el huevo del gallinero por las mañanas, las tardes en la playa jugando con mis tíos. Lo que no sabía era que mientras tanto se hacía una distancia grande con mis padres biológicos.

Más adelante, ya en la universidad en Medellín, después de haber vivido en Quibdó y en Cali con mi mamá biológica varios años, otros años con mi tía Ludys (la hermana mayor de mi mamá, quien se convirtió en mi segunda madre, o la tercera si cuento primero a la que me tuvo y tanto me quiere, que se llama Celia), una tristeza profunda, ansiedad e insomnio, que terminaron en o, mejor, que explicaban una depresión muy fuerte, me llevaron a un tratamiento con una psicoanalista, varios psicólogos y un largo tratamiento con un excelente psiquiatra.

Fue un período difícil, de muchas lágrimas, de conversaciones dolorosas, producto de poner con palabras el dedo en las llagas del alma. Como en todos estos casos, los tratamientos se centran mucho en la relación con los padres, y en mi caso no sería la excepción.

Crecí mucho, aprendí. Pero especialmente empecé a tejer un modo de relacionarme que me lastimara lo menos posible. Mi padre tiene un temperamento muy fuerte y es difícil relacionarse con él. Hubo un tiempo en el que decidí no hablarle porque me lastimaban mucho nuestras conversaciones. Desde los veintidós años decidí no recibir más su apoyo económico. Sentía que, aunque eso me complicaba mucho la vida en términos de mi sustento, porque mi mamá no tenía cómo darme el dinero que mi papá sagradamente me daba, me quitaba un peso emocional de encima. Desde esa época me acostumbré a sacar adelante las cosas con mi propio trabajo. Tenía que esforzarme mucho, buscaba trabajos todo el tiempo y aunque eso implicara trasnochar, madrugar, tener horarios pesados para las clases, yo me sentía fuerte y capaz de hacerlo, y en la medida que sacaba adelante lo que me proponía, me sentía más fuerte y más capaz.

Con el apoyo de los terapeutas sentía que iba sanando mis heridas, y un día decidí volver a hablarle a mi papá. Tomé una actitud que me permitiera tener una relación saludable con él, y así han ido pasando los años. Es una relación que manejo como malabarista, sé muy bien qué decir y qué no, nunca pido nada, nunca necesito apoyo, dependiendo de cómo anden los ánimos de mi padre podemos pasar una buena tarde compartiendo, o bien podemos pasar mucho tiempo sin más que un «hola, cómo estás».

Con mi madre las cosas son diferentes. Ella es una mujer muy dulce y además se convirtió en cristiana desde hace como veinte años. Nos queremos y conversamos regularmente, pero es evidente que mantenemos cierta distancia, no tenemos grandes compromisos la una con la otra. Sin embargo, nos expresamos el afecto y procuramos compartir unos cuantos días en el año.

Mis lazos familiares más fuertes son con mi abuela Belisa, mis tíos y tías por parte de ambos padres, y mis primos Yajaira e Idier, que son como mis hermanos, al igual que Elkin, Pacho, Willinton, Belisa y Diego, que son los hermanos menores de mis padres. Esto ha permitido que tenga una red de afectos muy extensa, de la que también hacen parte mis otros treinta y ocho primos hermanos, mi hermano y mi hermana biológicos, hijos de mi papá.

Una de las razones, a veces no tan conscientes, por las cuales regresé al Chocó fue para estar cerca de mi familia, más cerca. Siempre he dicho que para estar cerca de mi abuela, y lo he logrado.

Esta cercanía con mi papá me ha hecho más especialista en manejar la relación con él. Eso creía, eso quiero creer. Solo que hay veces, como ahora, en las que el corazón se me retuerce.

Mi papá tiene un apartamento aquí en Quibdó, a solo cinco cuadras de donde yo vivo. Y viene a esta ciudad con cierta regularidad. Llega a Quibdó y no me escribe un mensaje para decirme que está aquí. Van dos veces que me lo he encontrado en la calle y entonces hago cara de sorpresa y alegría. Pero ambas veces ya sabía que estaba aquí, y que por alguna razón eligió no contármelo. Todas las veces me trago el dolor, me repito que no es importante. Ahora que estoy emprendiendo este proyecto tan importante para mi vida, cuando me encuentro en ciertos callejones donde necesito un apoyo, un empujón, una alternativa, algo de plata, me parte el alma saber que no puedo recurrir a mi papá, y no puedo no porque no lo tenga, sino porque creo que no tendría para mí un sí.

El fin de semana pasado tuvimos un incidente en el carro de mi tío. Él no me contestaba. Entonces llamé a mi papá, su respuesta fue dura. Me dejó claro que no podía ayudarme. Yo inventé rápidamente que era para ver si él estaba en Bahía y podía buscar a mi tío. Entonces me dijo que no, que estaba en Quibdó. Nuevamente la misma historia. Llevaba casi una semana aquí, es el año nuevo, pero solo por eso, porque quería explicarme enfáticamente que no tenía cómo ayudarme, me dijo que estaba acá. No recibí luego un mensaje a ver cómo estaba o si había solucionado la situación. Nada.

Esta semana mi marido se lo cruzó en la calle. ¡Un saludo formal y ya!

En todos los casos he encontrado soluciones. Suelo hacerlo. No me quedo paralizada. Tengo el apoyo incondicional de mi marido. De suerte tengo muchos amigos que están ahí. De suerte que aprendí a buscar soluciones siempre, desde muy pequeña. Pero hay días en los que el corazón me juega malas pasadas, o la cabeza; días en los que estoy más vulnerable y me toca lidiar con estos dolores, y lloro mucho, como ahora, mientras te escribo.

Por haberse dedicado tantos años a la política en el Chocó, afortunadamente sin líos en los entes de control —lo cual es una rareza acá—, mi papá conoce la ciudad, conoce el departamento y suele tener sus cuentas en números que le dan tranquilidad económica. Pero la mayoría del tiempo yo no puedo recurrir a él ni para compartir un almuerzo; él elige que no sea así al negarme su presencia en la ciudad.

Nuevamente, no sé por qué te escribo todo esto. Quizá necesitaba escribirlo. Sacarlo, quizá necesitaba llorar un poco, mucho tal vez. No sabes el lío en el que te metiste al abrir esta puerta. Ahora estoy más tranquila. Seguro en unos minutos olvido todo esto. Todo se va solucionando.

He recibido mucha fuerza femenina. A veces siento que de ese afecto paternal, de esa presencia masculina, me ha faltado mucho. Con frecuencia recuerdo a mi abuelo. Todos dicen que me quería como a nadie. Siento que con él se fue mi papá del alma. De eso hace muchos años ya. Pero los años no son los que cuentan el afecto ni los dolores.

Abrazos mi querido amigo. Muchos abrazos.

Ahí tienes también una Velia adolorida y llena de lágrimas. Y una que se levanta rápido. La vida me lo exige.

Veliamar

Quibdó, 15 de enero de 2017

Es fascinante esto de haber saltado y estar dedicada a lo que me apasiona. Sin embargo, los retos que representa un emprendimiento no son menores por tratarse de algo bello y que te llene el alma. Quizá la garantía que tengo es que esto lo voy a seguir amando a pesar de lo grande del reto.

Han sido días lindos y para nada fáciles. Hemos recibido el apoyo de muchos amigos, hemos visto la angustia de que nos hagan falta recursos, algunas ideas empiezan a materializarse, pero me abruma el hecho de no saber poner precio a ciertas cosas, o no saber por dónde empezar ciertas otras.

Sacar cuentas, pagarle a la contadora, estructurar los proyectos, conversar con otras organizaciones, manejar el tiempo, no perder los espacios de lectura, de escritura. Me asusto a veces. Entonces recuerdo que la mejor decisión de la vida ha sido venirme al Chocó y poder ver las sonrisas de los niños cuando nos ven bajarnos del colectivo con un bolso lleno de libros.

Recuerdo a las madres que me encuentran en la calle y me dan un abrazo, o las manitos que me baten desde una moto que pasa y desde donde me han gritado antes «Adiós, seño Velia».

Solo te escribo para recordarme que vale la pena. Solo te escribo para recordar que te tengo, que puedo venir aquí a escribir en los días complejos, esos días en los que me lleno de miedo, que siento que no seremos capaces de sacar los proyectos adelante.

Regálame unas cuantas palabras de esas que sabes decir.

Creo que tengo afán de que llegue el 21 de enero para poder estar leyendo cuentos otra vez para los niños. También tengo afán de ganarle un lío a la cabeza o al corazón, ya luego te lo cuento.

Abrazos,
Vel

Querido amigo,

El domingo pasado volvimos a El Futuro. Resultaron noventa y cuatro niños inscritos al club de lectura, y nos dimos cuenta de que unos ochenta niños del barrio habían asistido por lo menos una vez al club. No llevábamos un control preciso, así que nos tomó por sorpresa. Fue muy emotivo ver cómo se iluminaban los rostros de los niños con nuestro regreso. Las mamás nos contaron que preguntaban por las fechas: «¿Mamá, será que la seño sí vuelve?», «¿Cuándo es 21 de enero, mamá?».

El martes pasado hicimos un proceso de inscripción en el barrio El Paraíso, resultaron veintiocho niños. Arrancaremos allá el próximo martes.

Pasado mañana, sábado, abrimos las puertas de nuestra casa Motete. Mañana te mando fotos.

Tengo muchas razones para estar feliz. Lo estoy. Pero mis emociones están como suspendidas. No soy la emotiva y alegre de siempre. No sé si se trate de algo biológico —por la enfermedad de Graves— o si sea simplemente un período de menos efusividad, de disfrute de las alegrías en más calma. No me paralizo, voy haciendo cada cosa, siento la llenura del alma con todo lo que va llegando.

He tenido que enfrentar cosas complejas, como explicarle a una persona muy querida que no podía ser «socia» de Motete así nos pusiera mucho dinero, pues es una organización sin ánimo de lucro y no puedo comprometerme con utilidades. Nos quedamos sin su dinero y con la tranquilidad de permanecer en nuestra visión. «Aquí en el Chocó eso no funciona», «Aunque tú lo hagas de ese modo nadie aquí te va a creer porque aquí nadie lo hace así», «Aquí las entidades sin ánimo de lucro son una empresa más para poder contratar».

Y yo, con esta falta de efusividad que se convierte en calma y con la firmeza de siempre, simplemente dije que no. Que no puedo aceptar recursos con la idea de que eso va a generar un beneficio futuro para quien ponga esos recursos, no pienso trabajar todos los días por una razón distinta que la promoción de lectura y en función de llegar a más niños. No voy a firmar contratos solo para sumar recursos que permitan dar una utilidad a quienes inviertan. Todos quienes trabajemos aquí debemos tener un salario y hacer que esto funcione, pero no más que eso.

Así voy, afrontando los retos de todos los días. Y cada día me alienta más la idea de haber tomado la mejor decisión. Solo es que estoy como más contemplativa, mis aguas no dejan de correr, pero corren en calma. No soy ahora el mar picado, las olas que chocan; soy la bahía en calma, profunda, casi quieta.

Tengo suspendidos hasta los amores. Creo que es un estado no de tristeza —no me siento triste—: creo que en la medida que ciertas actividades se van incorporando a tu vida, se vuelven parte tuya, cotidianas, dejan también de sobresaltarte, las recibes en más calma.

Respiro profundo, contemplo, agradezco las cosas que voy recibiendo. Agradezco lo que tengo, como esta posibilidad de venir a contarte estas simples cosas.

Besos.

Quibdó, 29 de marzo de 2017

Querido amigo,

Apenas son sesenta días desde que abrimos esta casa. En sesenta días arrancamos nuestro primer convenio, tenemos siete clubes infantiles de lectura operando, nos visitaron Maité Hontele y Teresita Gómez, hicimos un taller con maestros (Motete itinerante), tenemos un club de maestros con veintitrés integrantes, y hemos trabajado talleres con niños de ocho sedes educativas distintas en Quibdó.

Ya hice dos viajes como invitada a eventos nacionales, hemos abierto este café día a día y ahora compramos un nuevo café, ya ha habido conciertos, mingas de saberes, cine, y tenemos estructurada una hora del cuento con visitantes habituales, de lunes a viernes.

De los sesenta, he llorado como en veinte de los días. A veces de alegría, muchas otras de angustia. Lloro un rato y sigo. He tenido días de mucho cansancio y otros tantos de muchas energías.

Uno de los momentos más dolorosos fue la muerte de Brayan. Venía sagradamente a la hora del cuento, tomaba libros prestados y los llevaba a la casa, comprendía todo, a sus escasos nueve años interpretaba el saxofón como un profesional. Días antes me había cuestionado sobre el lenguaje de algunos libros que teníamos, si yo pensaba que eso era apropiado para un niño, conversamos un poco sobre la magia de los libros, que pueden tenerlo todo, y que éramos nosotros quienes decidíamos qué tomar y qué dejar.

Leímos juntos un día, al día siguiente no vino y al otro día viajé. Ya en Bogotá me llamó Roge a decirme que le había pasado algo malo a uno de los niños del barrio, de los que venían a la hora del cuento. Yo lo rechacé de plano. Me molesté, dije que no me contara especulaciones, que por favor fuera a la casa y preguntara qué había pasado. Unas horas después me llamó a decirme que había muerto, algo genético en su cabecita, que no había forma de saber o prevenir, cobró su vida.

Lloré desconsolada, todos lloramos en Motete y en el barrio. Lili me ayudó a pensar qué hacer, me propuso que a mi regreso hiciéramos la hora del cuento solo para sanar el alma. Y eso hicimos. Cada día leímos un cuento que nos hiciera pensar sobre la vida y la muerte, sobre las tristezas y los dolores cuando los otros se van. En el grupo estaban la hermana, los primos y los amigos de Brayan.

Sin saberlo, estábamos tejiendo un fuerte lazo con la comunidad. Al final de la semana, justo el día de la última novena, era también el cumpleaños de Brayan. Ese día hicimos una torta y convocamos al profesor de música y a la familia, y leímos, cantamos y celebramos la vida de Brayan.

Ha habido días en los que hemos contado muchos billetes, y otros días nos han hecho falta cinco mil pesos para cubrir gastos. No tenemos ventiladores, pero tenemos sillas. No tenemos recursos para comprar libros, pero nos conseguimos un proyector prestado y entonces leemos algunas historias de internet.

Nunca me pasaron tantas cosas en tan poco tiempo, nunca invertí tanto de mí, ni recibí tanto amor por lo hecho.

Es una cosa extraña todo esto. Seguro pasa cuando te montas en el tren que te corresponde. Mi papá, que como ya sabes, no suele darme regalos, me regaló unos tiquetes para ir a Bahía Solano en la Semana Santa. Creo que entonces me detendré un rato, podré mirar todo esto en perspectiva. Intentaré ver la substancia oculta de todo esto, volveré y seguiré con la agenda, que es amplia.

Sesenta días bonitos que quise compartir contigo.

Abrazos, querido amigo,
Vel

Querido,

Te escribo desde Turbaco, Bolívar. La vida me regala en esta ocasión la dicha de estar tres días con mi mamá.

Ha sido una semana intensa, como las de ustedes que viven en las ciudades. La lista de buenas noticias para Motete es larga. La de aprendizajes también. Es mucho el aliento recogido al compararnos con otras organizaciones y ver que vamos por buen camino.

Empezaré a participar en un proceso de la Fundación Terpel y Fundalectura, en otro de la Fundación SM, y arrancamos un trabajo conjunto con *Arcadia* para nuestra Flecho (Fiesta de la Lectura y la Escritura del Chocó) que tendrá como tema *Leer la selva*.

Pero entre palabras y libros se me han metido tres dolores que quiero contarte:

1. Al fin publicaron *Diario del Alto San Juan y del Atrato*. Les quedó lindo, como siempre. Me alegré, pero no pude evitar el dolor de ver que una idea que fue mía, que la pensé como una oportunidad para recoger recursos para nuestros procesos, terminara materializada por otros, en quienes confié, y al final recibir solo una notificación donde me agradecían por haberles presentado el texto y me pedían la dirección para hacerme llegar un ejemplar

que nunca llegó. Básicamente me quitaron el proyecto, a pesar que lo que les pedí fue una cotización para sacar un número de ejemplares que pudiéramos vender, con autorización de los hijos de Cote Lamus, y recoger algunos recursos. Ellos ni siquiera conocían el texto, pero se enamoraron y se lo quedaron.

2. Llegó la hora de publicar el producto de mi diplomado, el Maletín de Relatos Pacíficos. Pero el trato en esta última etapa fue tan hostil que perdí toda la alegría por la publicación de mi cuento. Nos invisibilizaron completamente, la invitación no menciona a los relatores, no tiene una foto nuestra. Dice «Cuatro semanas de inmersión creativa produjeron nuevos relatos desde las comunidades afrocolombianas sobre los bosques (selvas) del Pacífico colombiano». Como si los relatos se hicieran solos, como si uno pudiera hacer inmersión en lo que uno es.

3. Un amor que no fue. Te conté hace un tiempo que tenía afán de ganarle un lío a la cabeza, o al corazón, no sabía bien. Bueno, se trataba del inicio de un amorío, pero creo que fue más lo que avanzó en mi cabeza que lo que avanzó en la realidad. Al final los enredos en mi cabeza se fueron deshaciendo, y eso quedó en la categoría de un amor que no fue. Debo confesar que de todos modos me duele un poco. Pero no sé si el dolor es porque no fue, o es incomodidad y rabia porque persiste algo del amor, aunque no haya sido. Lo que pasa es que ando en riesgo de encontrarme con el sujeto del amor que no fue, frente a frente, y no sé qué vaya a sentir ahí.

Aunque hemos reflexionado mucho sobre esto de estar casada y al mismo tiempo permitirme sentir las pasiones o intereses que me trae la vida, a veces me inquieta la idea de ser una mujer que no tiene ojos para nadie más que no sea su marido. Me pregunto si sería más tranquilo tener la cabeza en un solo lugar, sin esas dispersiones que, aunque tienen el encanto del coqueteo, a veces traen cosas como este episodio incómodo y hasta doloroso. Al final vuelvo a la idea de que esta es mi forma de amar y quizá eso sea irremediable.

Decidí escribirle a los de la editorial para manifestar mi insatisfacción por lo del libro. Decidí escribirles a mis profesores del Diplomado para contarles mi molestia con lo que ha pasado en esta última etapa. Las palabras me ayudan a tramitar las emociones. Pero en el caso del amor creo que las palabras podrían ser malinterpretadas, podrían terminar diciendo lo que no quiero, o abrirían un capítulo innecesario. Así que no tengo nada que escribirle a ese amor. Solo pude escribirte un poco a ti. Mientras tanto espero, deseando que al verlo frente a frente descubra que sí ha habido un trámite de las emociones. Tendré esperanza.

Te quiero.
Vel

Buenaventura, 15 de mayo de 2017

Veo el mar desde la ventana. La marea está alta, en calma. Nunca me ha dado miedo el mar, ni en los días en que las olas se ponen fuertes. En los momentos difíciles del mar tengo una sensación de comprensión, es como la certeza de que va a pasar, que es solo un tiempo.

Quisiera tener ahora, con todo lo que me pasa mientras emprendo, esa misma calma que me da el mar. Pero esta vez me falta. Tengo miedo. Esta semana hay que cubrir muchas cosas en Motete y no tenemos cómo hacerlo, y estamos en paro; la ciudadanía ha decidido salir a las calles, con toda razón, a reclamar lo que nos ha sido negado durante siglos. Estamos de acuerdo con el paro, y no veo la hora de volver para salir también a las marchas, como lo he hecho antes, pero en estas circunstancias debemos tener el local cerrado, y eso implica una enorme reducción de las posibilidades de un milagro económico. Estoy en Buenaventura, en un proceso que seguro nos va a ayudar mucho, pero que ahora me aleja de Quibdó y me reduce el tiempo para pensar qué hacer.

Por el miedo tengo ganas de llorar, siento malestar en el estómago. Y al final ni lloro ni me enfermo de malestar estomacal, solo sigo. Sé también que es posible pasar de esta y fortalecernos más, pero es en realidad una gran ola, de las que sí me asustan. No debe ser casual que esté hoy al lado del mar, poder mirarlo, contemplarlo y encontrar en él un poco de calma.

Entre el mar y estas letras quiero encontrar calma. Seguro la vida tiene guardada a la vuelta de la esquina la solución a las demás situaciones problemáticas, siempre lo ha hecho, espero que esta no sea la excepción.

Quibdó, 26 de mayo de 2017

Esta es la historia entre un libro y yo: nos conocimos una mañana de viernes en mi lugar favorito de la biblioteca: la sala infantil. Fue amor a primera vista. Y a primera vista también supe que ese libro debía regalárselo a mi amigo. Sin embargo, había un largo camino entre mi encuentro con el libro y el encuentro entre el libro y mi amigo.

Viajé a Bogotá, luego de juntar los recursos pude comprar el libro para mi amigo, pero no pude enviarlo. Lo traje a Quibdó, me acompañó una semana, lo llevé a Cali, y cuando ya pensaba que iba a enviarlo, tuve que ahorrar hasta el último centavo porque estaba varada en Cali. No sabía cuándo podría volver, así que cada peso ahorrado era importante.

Finalmente debí viajar a Quibdó por Bogotá y, ante las circunstancias, lo mejor era no gastar en un envío. Ese día fue muy doloroso, en las más absurdas circunstancias me bajaron del bus que me llevaría al avión, solamente a mí, y entonces, aunque parte del equipaje viajó, el libro y yo nos quedamos.

Sencillamente tú se quedó ahí, me acompañó en esa triste noche. Lo leí nuevamente y decidí que al día siguiente lo enviaría. Así fue, antes de irme de viaje me acerqué a una oficina de envíos y entonces separamos nuestros caminos.

No sé qué cara hizo mi amigo cuando lo recibió,

si sonrió, si se alegró. Quería saber si le había gustado. Pero, a veces, el otro recibe un libro hermoso lleno de amor y no dice nada.

VeliAmar

Quibdó, 13 de junio de 2017

Es muy difícil narrar estos días, depende de la visión con la que decida abordarlos. Para ti voy a elegir la visión que más me gusta: han sido días llenos de creatividad, nos han surgido muchas ideas para crecer este sueño, recibimos una primera donación en el *crowdfunding*, que vino además llena de amor.

Todos los días ha habido ventas en el café, ahora tenemos un nuevo aliado para los clubes de lectura, un empresario que nos está donando aguas y jugos. Esta mañana llegaron dos personas interesadas en hacer notas para TV sobre nuestro trabajo, una para Telepacífico y otra para Bancolombia y Caracol más cerca.

Estos días hemos aprendido a tener mucha paciencia y a intentar compartirla con los demás, incluso con los acreedores. Hemos tenido eventos preciosos, llenos de gente y de artistas de mucha calidad. Insertamos en nuestras sesiones de trabajo en los clubes de lectura los «Actos pacíficos» y los «Momentos de juego». Ha sido muy bello darnos abrazos, decirnos las cosas bellas que tenemos y sacar desde adentro nuestra idea de lo que es la paz.

Es muy emocionante ver que todo esto pase, levantarme cada día a afrontar un reto para seguir haciendo esto que tanto amo.

Te quiero.
Gracias,
Vel

Desde tu último cumpleaños tú y yo hemos cruzado unas veinticinco comunicaciones distintas, cada una por lo menos con dos mensajes —uno de ida y uno de vuelta—. En este año nos hemos visto una sola vez, y, exceptuando el día que desayunamos, creo haber oído tu voz una sola vez más: cuando me pusiste una nota de voz, seguro porque estabas afanado. Geográficamente hemos estado lejos más de 95% del tiempo; sin embargo, siempre te he sentido muy cerca.

No escucho tu voz pero algo me hace sentir que tengo una parte de ti. No sé bien qué es eso de tener, porque no soy muy amiga de los posesivos; me refiero más bien a que te siento cerca siempre, a una extraña certeza de contar contigo.

Los tiempos de crisis y la mala educación hacen que tenga comportamientos egoístas. Siempre recibiendo alientos, recomendaciones, apoyo, y me voy olvidando de dar, o por lo menos de darte a ti. Sin embargo, debes saber que yo también estoy sencillamente aquí. No sé para qué, pero estoy. Y desde la espesura de esta selva, desde la constante tragedia, la excesiva humedad, las imágenes repetidas de los atardeceres y los cuentos que nos salvan, puedes contar conmigo, tienes una parte mía.

Te quiere,
La seño Velia

Quibdó, 13 de julio de 2017

Mi cuerpo demanda más horas de sueño, un poco más de descanso. El apartamento donde duermo –no estoy en todo el día– demanda más orden, más limpieza, tiempo de mi parte. Mi marido demanda sexo. Algún viejo amante reclama devaneo.

Y yo, que parezco ser una cosa externa a mi cuerpo, solo atiendo las demandas de Motete, de los artistas, de los niños, de los maestros que convoca Motete.

Y demando de mis amigos su atención, su apoyo y su afecto, en función de las únicas demandas que atiendo, que no son las del apartamento, ni las del marido, ni las de los viejos amantes.

Yo me la paso demandando tu atención. Me alienta que tú dices que las pasiones lo demandan todo.

Quibdó, 17 de julio de 2017

Llueve fuerte, como si el cielo se hubiese olvidado de que a veces hay que parar, que hay días en los que no debería llover. Ha llovido durante todo el mes, cada día con mayor o menor intensidad, pero todos los días. Aprende uno a amar tanto la lluvia, a vivir tanto con ella, que deja de ser una excusa y se convierte en parte de la vida. Y hablamos de la apariencia o la fuerza de la lluvia de ayer, de la de hoy, nos inquieta saber cómo será la de mañana, como si se tratara de un abanico de bellos ocasos.

Es por eso que a pesar de la lluvia yo estoy aquí, intentando ponerme al día con la vida. Anoche me acosté temprano, organicé un puesto de trabajo en mi casa y estoy lista para vivir mi primer lunes de descanso desde que abrimos la casa Motete. No será de total ausencia porque debo ir en la tarde a hacer algunas cosas sencillas, pero tengo todo acá para escribir, para leer y cambiar de lugar y actividad como forma de descanso.

Avancé en la lectura de un pequeño libro que debí haber terminado hace dos semanas, y que por fin podré terminar hoy, y me encontré anoche con una frase de Edward Morgan Forster que carga de mucho sentido todo lo que me pasa: *En última instancia todo depende de las palabras: palabras, el elixir de la vida.* Debe ser por eso que mi descanso se constituye en tener tiempo para estar aquí escribiendo palabras, en encontrarme con palabras pendientes de leer, y la dicha es que, cuando trabajo, estoy jugando a las palabras con los niños, pensando qué más hacer para que otros se enamoren de las palabras.

Te conté de nuestro gran logro del viernes, fue la primera vez que vendimos un millón de pesos en una sola noche. El sábado las cosas siguieron muy bien, nos reencontramos con los niños de los clubes de lectura, con una diferencia, ya tenemos proyectada toda la apuesta pedagógica del semestre, estamos involucrando más a los padres, y tenemos ya las herramientas para establecer una línea de base que nos permita medir el desarrollo de las competencias de los niños.

En El Futuro y en la Ciudadela Mía hicimos ajustes también frente a la participación de las familias. Es un reto enorme, porque en los sectores más vulnerables hay menos participación de las familias, los niños son como personitas autónomas que van por ahí y se meten en cualquier parte, en cualquier actividad que les ofrezcan, y los padres pueden ni siquiera enterarse. Sin embargo, lo seguiremos intentando. A cada padre o hermano mayor le hemos explicado qué estamos haciendo, que es un proceso de dos años y que es importante su participación.

Seguimos organizando las finanzas. No ha sido fácil, pero estamos logrando salir del déficit, y creo que al paso que vamos, terminaremos el año en muy buenas condiciones económicamente. Eso quiere decir algo como punto de equilibrio y cero deudas, no mayores ganancias, pero creo que eso es un gran logro para el tiempo que tenemos con la casa.

Aunque ya estamos al día con el arriendo, esa situación me generó una preocupación y me tiene pensando de más en la infraestructura. Me da susto que eso se pueda convertir en una amenaza latente, creo que es importante pensar creativamente al respecto. ¿Qué hacer para disminuir esa amenaza? Es como nuestra tarea de estos días. No estaba en mis planes pensar en eso, pero creo que debemos hacerlo.

Muchas cosas de las que pasan con Motete no estaban realmente en mis planes, pero parece tener agenda y vida propia.

Eso es lindo.

Te mando un abrazo grande, te deseo una feliz semana y te recuerdo que me hace muy feliz que estés ahí, pendiente de mí.

Vel

Quibdó, 15 de agosto de 2017

Mi querido amigo,

Todo acá se torna cada vez mejor. Se está haciendo habitual el equilibrio entre los tiempos de descanso y el trabajo, las dinámicas de Motete se van haciendo rutinarias, y con esto no me refiero a aburridoras sino a que son parte de la vida. Y todo eso me gusta.

Hasta las buenas noticias y los esfuerzos de ciertos momentos del mes parecen hacer parte de lo normal de cada día, sin que ello deje de emocionarnos y sorprendernos, finalmente esa sorpresa y esa alegría también hacen parte de la vida diaria.

El sábado pasado la mamá de Andrea, a quien saludé con mucha alegría por su retorno al club de lectura, me dijo que yo cómo hacía para estar siempre así, tan contenta, y ser tan amorosa con los niños.

Es muy bello que eso no represente esfuerzo alguno, que sea «siempre» así.

Entonces, como supongo que pasa cuando los hijos van creciendo, Motete me va dejando nuevamente espacios para cosas que amo y disfruto, pero no podía hacer con entrega los meses anteriores. Las horas largas entregadas solo a la lectura, las mañanas completas invertidas en hacer el esqueleto de un texto, las búsquedas intensas de un poema, escribirte sobre la vida, todo eso que, en suma, con el oficio de promover la lectura y hacer este proyecto cultural, es la felicidad.

Estoy haciendo un proyecto literario que espero llevarte cuando vaya. Que ya no va a ser el 3, sino una o dos semanas después. Te cuento luego. Volveré entonces por acá con mis cartas largas y mis historias: El sábado, que leímos con los niños un poema de José Manuel Arango y hablamos de Porfirio Barba Jacob, recordé la importancia de la poesía en mi vida. Es como un baño de belleza o de la conciencia de la vida en un solo trago, es estar existiendo y, en medio de todo, sumergirse en un espacio pequeño que puede revelarlo todo. Trae nostalgia, dolor, alegría, muchas emociones posibles. Cuando leo un poema, es como si respirara profundamente y con ese aire llegara el sentimiento que define el poema leído.

Recordé también que a mi vida la llenan de poesía el mar, los atardeceres chocoanos, el agua que cae y que corre, y esta bella costumbre de escribirte y esperar una respuesta.

Y uno sin poesía no puede vivir.

Veliamar

Quibdó, 18 de agosto de 2017

Querido amigo,

Como si tuviese poco con Motete, como si acá todo estuviese listo y posicionado, me metí a acompañar a las mujeres de la Comisión de Género de la Cocomacia, este es el Consejo Comunitario Mayor del Atrato. Agremia 124 Consejos Comunitarios de Antioquia y Chocó, tiene uno de los territorios colectivos más grandes de las comunidades negras del país.

Las siete mujeres que conforman la comisión de género son valientes, lo sospeché desde que las vi. Son la muestra de lo que es empoderar a las mujeres de las comunidades rurales. Después de recorrer este territorio colectivo río a río, vereda a vereda, han logrado que las mujeres tengan puestos en la junta directiva y que sean representantes de varios de los consejos locales.

Ayer en la tarde, mientras soportábamos los rayos de sol que pegan en su oficina, nos conocimos mejor, y supe que están entrenadas en mostrar sonrisas en medio de las dificultades, hace dos años que no tienen un proyecto que les permita generar ingresos, y siguen saliendo cada semana a las comunidades, siguen haciendo marchas, plantones, talleres, así vengan desde sus casas a pie, para seguir caminando por la dignidad de las mujeres. Tienen un restaurante y un taller de artesanías, pero los tienen cerrados por falta de capital, de orientación y unas cuantas otras cosas.

Así que me comprometí a trabajar con ellas, a darles de lo que tengo y a buscar juntas lo que no tenemos. No tengo idea de qué va a pasar con todo esto, por ahora tengo ya una arquitecta muy buena que va a rediseñar los espacios, tengo una amiga que las incluyó en un proyecto de seis meses que les permitiría tener algo de ingresos; tengo mis fortalezas, mi libertad y la convicción de que apostarle a sus sueños no les resta a los míos.

Esta tarde, mientras miraba caer el sol detrás de la selva que está al otro lado del Atrato, pensé que todo esto se trata de sembrar esperanza. Lo que tú haces, lo que yo hago, se trata de leerle a otros en voz alta el cuento que nos alienta cada día, ese que dice que ahí no más, a la vuelta de una decisión o de un poco de esfuerzo, escrito en la página de un libro, en el aroma de unas plantas sembradas o en el sabor de un plato servido está la vida que siempre hemos anhelado.

Medellín, 15 de septiembre de 2017

De todos los cafés, los desayunos o cualquier otro encuentro que hayamos tenido, el de ayer es mi favorito. Sentí la libertad y la confianza que hemos construido con las palabras.

Estas cartas de ida y vuelta, con el alma abierta (más la mía que la tuya) me hacen sentirte cercano, conocido; conocida por ti y libre de ser.

La coincidencia de pensar en la posibilidad de publicar algo con todas estas palabras, el chiste de lo domado que tenía mi cabello, la espontánea respuesta a mi reclamo porque no has ido al Chocó. La tranquilidad que se siente cuando el tiempo es suficiente. No quedamos en deuda porque sabemos que habrá más.

Me gustó verte, me gustó cómo estás. Me gustó que viéramos juntos el atardecer.

En la noche me encontré con Amalia Lú. Se va a presentar en Motete el 30 de septiembre, y el motete (dinero que pongan en el canasto) que se recoja ese día, será para Motete. Nos va a donar libros para que los vendamos ese día y de ahí en adelante. Y otras cosas, definitivamente fue un encuentro muy fructífero.

Luego nos fuimos para un antro, en Palacé con Bolivia, la esquina de las prostitutas trans. Afuera, la sensación de peligro, de lugar prohibido para la gente «decente» de la ciudad; adentro, un pequeño bar lleno de encanto, de amor, con gente que se conoce, que se siente en casa, que pide la canción que quiere, que baila, que se siente segura a pesar de estar en un sitio que parece peligroso, porque uno se siente seguro donde hay confianza.

Pasamos delicioso. Yo viví una bella noche en una Medellín distinta a la que he vivido. A las dos y media dejé a Amalia Lú en su hotel y seguí para el mío.

Medellín, 6 de octubre de 2017

Han sido días muy intensos. En las fiestas de San Pacho, que son las fiestas patronales y tradicionales de aquí de Quibdó, famosas por ser muy largas, hubo eventos en Motete todos los días. Mucha fiesta, viche y pipilongo. Ahora estoy acá, he disfrutado mucho, he aprendido mucho.

A veces todo ocurre muy rápido. Siento que no tengo tiempo de pensar. El tiempo de escribir se me reduce también. ¿Cómo frenar? Llego a pensar que Motete tiene su ritmo. Quiero sacar un tiempo de calma. Buscar la estrategia para asentar las cosas, quiero más raíz.

Cuando no tengo tantas historias para contarte de mí, sino que mis historias son las de Motete, me pregunto por el balance entre eso tan mío y yo misma.

Me sorprende la capacidad que he descubierto de dejar al lado ciertas cosas que aparentemente son tan personales. O podríamos decir más bien lo personal e íntimo que es este proyecto.

Mañana me voy, esta vez sin fecha de regreso a Medellín. Otra vez sin saber cuándo te volveré a ver. Eso, que genera desasosiego en otros, a mí me da el placer de la luz de las luciérnagas, una intermitencia divertida, una luz que no encandila la mirada. Nada de rayos estridentes. El encanto de alumbrar siempre, aunque no te vean todo el tiempo.

Se me ocurre que en sentirnos somos como las mareas: siempre estamos, a veces más cerca —marea alta—, a veces más lejos —marea baja—, pero siempre ahí. Y en vernos somos como las luciérnagas. Intermitencias todas, encantadoras, necesarias para vivir.

Seguiremos aquí, nos veremos cuando el tiempo diga.

Besos,
Vel

Quibdó, 17 de octubre de 2017

En la tarde de hoy, cuando salí del club de lectura de El Paraíso —en el que escribimos nuestros más grandes secretos y los desaparecimos en el fuego: los niños eligieron quemarlos para que desaparecieran— se largó un aguacero muy fuerte, más fuerte que los habituales, tanto así que uno de los rayos que cayó hizo daños en la pista del aeropuerto.

Me quedé en la iglesia del barrio, donde acababa de tener una reunión; afuera, una mujer de veintisiete años se protegía en la acera de la iglesia con su bebé de un mes y diecisiete días y su niño de tres años. La invité a pasar adentro, a un espacio que no es mío ni por propiedad, ni por vecindad, ni por creencia religiosa, pero no era capaz de dejarla ahí afuera. Al rato, la curiosidad nos llevó a acercarnos nuevamente a la puerta, habían llegado el marido, la hija mayor y el hijastro de la mujer. Ella me los presentó a todos, y a mi saludo, la niña dijo que ya nos conocíamos. Que yo era la del Banco de la República. Yo la saludé con el cariño que generan esos momentos, y acto seguido me dijo, casi imitando mi voz: «El autobús de Rosa».

La abracé fuertemente. «El autobús de Rosa» fue el cuento que leí el día que nos conocimos en la Sala Infantil del Banco. Habla de Rosa Parks, la mujer del autobús, la negra que no cedió su puesto a un blanco y que desató la protesta de los autobuses públicos que terminó por derrumbar las leyes segregacionistas en ese medio de transporte.

Fue una epifanía, como si en un instante se revelaran ante mí todos los efectos de un cuento bien elegido, de un cuento leído con amor, de una historia que tiene todo que ver con uno. Esa lectura fue más o menos en mayo, y ahí está, intacta en su cabeza, haciéndola sentir quién sabe cuántas cosas: que es como Rosa, que se puede, que vale la pena luchar por algo..., no sé, tantas cosas. Y junto a la imagen de ese libro, el rostro de la seño Velia. ¡Qué responsabilidad!

Recordé entonces que tenía pendiente compartir contigo unos cuentos que escribí la semana pasada, de un tirón, en dos días, que me llegaron así, como una epifanía. Son instantes en que adolescentes o jóvenes se descubren a sí mismos. El detonante de estos cuentos fue que conocí a Winner, un niño que vino a presentarse con su grupo de danzas en Motete. Lo saludé, nos presentamos y supe que no sabía que se llamaba «ganador». Fue una sorpresa para él y para sus amigas compañeras del grupo de danza.

Ahí fueron llegando las otras, un poco de recuerdos de mi adolescencia, un poco de historias de mis amigas y un par de conversaciones contigo, veremos si identificas cuáles salieron de ahí.

Un abrazo enorme.

Quibdó, 26 de noviembre de 2017

Tengo muchas tareas pendientes; tantas, que siento náuseas. Las llamo náuseas de la angustia. Quiero hacerlo todo, tengo la certeza de que hacerlas me dará tranquilidad. No soy capaz de iniciar a hacerlo todo. Entonces decido escribirte. Aplazo el hecho de escribirte, no me queda tiempo, y con ello aplazo la posibilidad de empezar a hacer las tareas.

Ahora estoy aquí, probando una nueva forma de hacer lista de tareas, buscando un impulso. Y este lugar, que ha sido descanso, confesionario, libreta de notas, cuaderno de viajes, puerto de llegada, será también motor.

Suelo pensar que cada 5 de noviembre es el inicio de una nueva etapa, el cierre de otra. Comprendo que no es más que una ilusión. Y tiene sentido, de ilusiones estamos hechos.

Ahora, que empezaron a correr estos treinta y seis, los días han traído cosas lindas: me cambié de casa y volví a sentir que tengo hogar, la de ahora es una casa de tres pisos, donde funcionará, en el primero, la cocina y la bodega de Motete. Se harán allá las tortas, las salsas, los refrigerios, las carnes. Para despejar un poco la Casa Motete, que ya está pequeña realmente. Y en el segundo y tercer piso está la casa de la seño Velia. Ya elegí las plantas que tendrá mi nuevo jardín.

Volveré a tener jardín. Tengo una habitación cuya amplia ventana, que da entrada a mucha luz, se adorna con el árbol de guanábana del patio central. Es una bella fracción de la felicidad. El sector parece ser de los pocos de Quibdó donde reina el silencio. Estoy a gusto ahí, y ahora sí me siento con la confianza de entregar los documentos de adopción en Bienestar Familiar. Desde hace rato siento el corazón listo, pero me hacía falta un espacio donde me sintiera cómoda para ello. También siento que tengo rumbo, lo que creo que es más importante que todo. ¿Solicitar la adopción de uno, de dos, de tres hijos? No sé, quizá al diligenciar el formulario sea el momento en que llegue la respuesta. Ya veremos qué pasa con los hijos.

La semana pasada se cumplió un año desde la última vez que tuve un amante. Bueno, más que un amante, un encuentro sexual con alguien distinto a mi marido. No siento que sea un logro; aunque juego cada cierto tiempo con que este año sí me voy a ajuiciar, nunca lo he tenido como un verdadero propósito, ni creo tampoco que se trate de ser desjuiciada. Sin embargo, debo admitir que siento cierto orgullo, cierta satisfacción, cierta superioridad que se me hace tonta, pero la siento. Estoy bastante bien con mi marido. Recuerdo mucho una de estas conversaciones, donde hablaste de una dimensión como más espiritual –o no sé qué– del sexo. No sé si ande del todo en ese plan, pero sí por lo menos en uno de reinventarlo para disfrutarlo, después de tantos años juntos. Hasta ahora el dinamismo o la variedad la he buscado por fuera, ha funcionado, ahora estoy buscándolo adentro. Es más complejo, es más exigente, y eso lo hace también más bello, más satisfactorio.

Estoy estudiando el Máster en Promoción de la Lectura y Literatura Infantil. Le he dedicado menos tiempo del que quisiera, y podría quedarme días enteros estudiando los contenidos que proponen los profesores. Nunca estuve tan feliz con un programa académico, cada línea leída se me hace valiosa, necesaria en mi trabajo. Estoy planeando cada detalle de la estancia en España el próximo año. Me hace muy feliz esa tarea.

Mi padre decidió ser precandidato a un cargo de elección popular, y extrañamente me llamó a pedir mi opinión sobre el manejo de las comunicaciones de una eventual campaña. He pensado mucho en que ese amor que tanto me ha dolido no deja de ser importante en mi vida, y cada vez que me muestra su mejor cara, me pasa como a los perros fieles: vuelvo a mover la cola emocionada. Tampoco el corazón me da para ser distinta. Esa decisión de mi padre me pone en un escenario particularmente complejo, y dada la visibilidad que tengo ahora, mi reto es saber manejarlo bien. Daré lo mejor de mí para encontrar el equilibro entre la independencia de Motete y el compromiso familiar. De suerte hemos ido construyendo un posicionamiento propio, por fuera del nombre de mi familia y con un reconocimiento de nuestra labor y esfuerzo particulares.

Motete va bien, con sus mismos retos, sus mismos líos, muchas oportunidades, pero no quiero contarte esas cosas ahora. Tengo muchísimas tareas, ya lo dije antes, me superan. Mi cuerpo y mi mente son insuficientes para todas estas obligaciones, pero tendré que hacer como siempre, de a pocos, de a una, como las mareas, bajando y subiendo de intensidad.

María Osorio, dueña y editora de Babel, me dijo que le mandara mis textos. Me da miedo. Es otro de mis pendientes. Debo hacerlo.

Me leo ahora que te escribí y esta vida me gusta bastante. Tiene muchas imperfecciones, le falta mucha construcción, pero me gusta su camino.

Podré desaparecerme un poco, pero no tengo en mis planes perderme.

Abrazos,
Vel

Querido amigo,

Después de un año de haber empezado a intervenir esta casa, por fin siento que está como me la soñé. Es una suma de espacios cálidos, especiales. Una suma de detalles acogedores. Con libros por todos lados, bien puestos. Cada cosa tiene su lugar. Es como una sola área y al mismo tiempo es como un centro cultural con varios espacios. Eso me hace muy feliz. El año pasado logramos cubrir muchas de las deudas que teníamos, mucho más de lo que esperábamos hacia el final.

Motete es ahora como un bebé que empieza a caminar. El 3 de febrero cumplimos un año, y siento que es un bebé saludable. Le falta mucho, pero tiene un gran futuro. Hay claridad en lo que hacemos, y aunque eso pueda cambiar, nos permite hacer un trabajo enfocado.

Estoy contenta con mis estudios y saqué muy buena nota en mi primer trabajo.

Nos llamaron de la Secretaría de Educación Municipal porque quieren hacer un convenio con nosotros. No se va el miedo, no se van los riesgos, no se van los días donde nos faltan recursos y pareciera que no hay cómo solucionar. No se van los días en los que no viene nadie, porque la ciudad sigue prefiriendo beber y emborracharse y lucirse en la zona rosa, en los establecimientos lujosos que se han hecho con la plata de orígenes dudosos. Y cuando pasa todo esto, me preparo un delicioso café, me sirvo una torta Musa Paradisiaca, y me siento a disfrutarlo en alguno de esos rincones de Motete, mientras leo uno de los miles de poemas que habitan esta casa.

No pude ir a Bahía Solano en fin de año. Siempre me hace falta, solo que ahora tengo una llenura que se me hace como el mar. Una llenura inmensa. Y esa llenura ahoga los miedos.

De una forma muy fluida, sin resistencias, me alejé de los devaneos, cambié mis conversaciones con los amigos que fueron alguna vez amantes. Siento que perdí todo tipo de atracción por hombres distintos a mi marido. Y sé que decirlo parece una estrategia para quedar bien contigo, pero ya no hace falta mentir ni inventar máscaras acá. Lo que siento que me pasa es que cada lugar de mi vida está lleno. Motete es ahora como el amante que roba toda mi atención, y me siento cómoda con eso. Las palabras en forma de cuentos o rimas infantiles no me llegan aún este año. Sé que llegarán y que serán bastantes. Solo es que ya me acostumbré a que todo aquí va llegando cuando debe ser.

Hay cosas de esta ciudad que me cuestionan, dinámicas sociales que me generan muchas preguntas: a veces percibo un afán de las personas del sector social y cultural por sobresalir a costa de lo que sea, observo también la creación de unas élites negras o unas élites quibdoseñas, que me parece que fraccionan más esta ciudad ya bastante fraccionada. He tenido que irme haciendo un estilo propio de vivir mis relaciones aquí, y del lugar que se va haciendo esta organización. No soporto ser muy visible, no soporto la idea de convertirme en lo que acá llaman «referentes». No quiero ser líder de nada. Pero sé que mucho de lo que hago irremediablemente me arroja a algunas de esas cosas. Quiero que este año, en el que vamos a crecer como organización, sea también la oportunidad de encontrar un punto saludable y cómodo para mí. Quiero que sea Motete y no Velia Vidal. Yo solo quiero seguir siendo la seño Velia.

Tenemos muchos retos este año, los gastos van a ser altos también, pero luego de haber superado el año uno, estoy casi segura de que lograremos todo.

Quiero seguir contando contigo este año, espero verte otra vez, no sé cuándo, ni cómo haré, porque no tengo en mis planes ir a Medellín. La vida siempre se encarga. Quizá ahora no contemplemos un atardecer en Medellín sino uno en Quibdó.

Un abrazo fuerte,
Vel

Quibdó, 25 de enero de 2018

Nos hemos inventado un mundo de palabras, un amor hecho con palabras, deseo de palabras, espera por las palabras, emociones que vienen de las palabras, de las que se dicen y de las que están por decirse, aun de las que no se dicen pero sabemos que están.

No escribimos a mano, no vamos al correo a sellar un sobre y enviarlo, usamos este medio tan inmediato como los chats, pero mucho más cercano a una carta.

Las cartas que yo escribo llevan el alma, y me he acostumbrado a tus respuestas fieles, infaltables, precisas, exactas, breves. No siento necesitar más palabras en tus respuestas, ninguna me parece incompleta. Quizá porque no las idealizo, quizá porque ya sé que serán breves. Por lo que sea, me son suficientes.

Nunca me he preguntado si escribes muchas cartas, si tienes más correspondencias como la de este mundo que hemos hecho. No me he preguntado si habrá espacios donde tus palabras salgan en abundancia.

En estos días, que leí un documento que escribiste, sentí mis cartas como una pequeñez. Me abrumó ver tantas palabras tuyas ahí, luciéndose ante el mundo, deleitando a tantos lectores, y sentí celos de tus danzantes y relucientes palabras, celos de que no se luzcan para mis palabras. No celos de los destinatarios – no son muchas las otras cartas – sino celos estrictamente de las palabras.

Imaginé descubrirte con un enorme costal de palabras, sacando grandes manojos de palabras brillantes y tirándolas al aire para todos, y por momentos, despacio, con cuidado, de ese enorme costal sacabas unas pocas y las dabas como respuestas a mi siempre expuesto, traslúcido y enorme costal de palabras que intentan brillar. Intenté pensar que las palabras que das de respuesta a mis palabras salen de un bolsillo secreto de ese gran costal, y que quizá son palabras pesadas, muy pensadas, especiales. Pero entiendo también que ese es un consuelo de los celosos.

Debe sonar redundante, pero no importa. En un mundo de caricias llegarán los celos de las caricias no dadas, quizá de las caricias evitadas, de las puestas en otros cuerpos, en otros espacios. Habrá lugares donde los celos vengan por las miradas, aquí son celos de palabras.

No tengo más explicación. Solo lo sentí. Tampoco tengo culpa de sentir.

Besos.

Quibdó, 9 de febrero de 2018

Mi muy querido amigo,

No es que sea una experta manejando otros recursos, quizá es que me acostumbré a la ausencia de algunos como el dinero y a la abundancia de otros como el amor, las palabras o el agua del Chocó. Con el tiempo (el recurso) me pasa que no sé cómo manejarlo y no logro siquiera determinar qué tanto tengo disponible. No se trata de horas ni minutos. Me incomodan los relojes. Nunca me ha angustiado el paso de los días, a no ser por las exigencias de otros. No me choca tener más años, no me aterra que los meses se terminen rápido, creo que indefectiblemente las cosas van a ocurrir, entonces qué más da que ocurran antes de lo pensado. Incluso me es más fácil desear que pase el tiempo.

Lo que pasa ahora es que Motete creció y ya ni la suma de varios días me permite hacer todo lo que tengo pendiente. Tengo todo en mi cabeza, no me siento desesperada, todo lo que tenemos por hacer somos capaces de hacerlo, pero hay muchas tareas que dependen de mí, de un tiempo para sentarme a producir, a leer, a escribir.

Camino en calma, no tengo dolores de estrés, estoy muy juiciosa con el ejercicio y eso me hace sentir aún mejor, pero hay una serie de cosas que realmente no he podido hacer, propuestas, proyectos, documentos, algunos informes, esas cosas de concentrarse, de aislarse un poco.

¿Cómo haces tú?

Quibdó, 12 de febrero de 2018

Tengo una sensación extraña.

Debes saber que la guerrilla del ELN decretó paro armado en el Chocó. Cada cierto tiempo acostumbran a demostrar su poder y sembrar terror. Por motivo del paro armado, las organizaciones que hacen presencia acá decidieron llevarse a sus profesionales. «Sacarlos» es la expresión que usan. Otras les suspendieron los viajes que tenían para acá, «por seguridad».

Yo lo comprendo perfectamente, creo que es lo correcto. Sin embargo, debo decir que siento en mi piel la distancia, cierto abandono. Cuando más duro se pone todo, más solos nos quedamos. Siento que es como si hubiera unas vidas que valen más que otras. Las que valen más merecen ser protegidas, se las llevan a lugares seguros, les impiden venir a donde puedan correr riesgos. Pero nosotros no tenemos a dónde irnos, nos quedamos aquí, a nuestra suerte.

Nosotros tuvimos que hacer algo parecido. Este fin de semana no pudimos ir a los clubes de lectura de El Futuro, La Platina y la Ciudadela Mía. Nos dolió mucho. Pero hay que tomar las carreteras para llegar allá. Lo que más me duele es que eso que siento yo con relación a la gente de los organismos internacionales o las instituciones públicas, en cierta medida se lo causamos a los niños. Claro, no se compara la distancia.

Motete sigue abierto, estamos muy cerca. Son esas cosas que uno no puede cambiar.

Seguimos adelante, firmes, convencidos de la importancia de estar aquí. Tratando de sentir que acompañarnos entre nosotros es suficiente.

Recibí tu abrazo y te mando otro.
Vel

Quibdó, 22 de marzo de 2018

Quiero compartir contigo mi discurso de apertura en la Fiesta de la Lectura y la Escritura del Chocó, nuestra primera Flecho. Fuiste testigo de todo. Me ayudaste a hacerlo posible, como siempre, así que te mereces estas letras:

Hoy siento que tengo en mis manos el poder de la palabra, el poder de usarla en un momento estratégico y dejar alguna huella con ella, permitirme con su uso estar a la altura de las circunstancias y no dejar que sea de las palabras que se lleva el viento. Por eso seguiré fielmente a nuestro inspirador Federico García Lorca, quien puede seguir dándonos hoy la oportunidad de discutir con motivo de lo que dijo hace tantos años, solo por haber escrito.

Escribo entonces unas letras para la apertura oficial de la Fiesta de la Lectura y la Escritura del Chocó —nuestra o nuestro Flecho, como tenga a bien la ciudadanía sentirlo y llamarlo, porque en la apropiación desde el sentir no vemos error— con la firme intención de leerlas para que sean escuchadas y luego sean leídas por otros y para otros, armando así este círculo precioso de la palabra, en el que los chocoanos tenemos ya una buena parte ganada con nuestra oralidad, y que se completa con esto de escribir para perpetuar. Escribir sin pensar en que se publique, sin soñar con ganar dinero con ello, solo escribir, como resultado casi natural de leer, luego pensar y entonces plasmar lo que nos dicta el deseo.

Escribir sí con la sospecha tantas veces confirmada de que al hacerlo desde nuestro lugar en el mundo aportamos una mirada especial, que solo es posible en la esquina donde se encuentran el Pacífico y el Caribe, y reciben las aguas de tres grandes ríos que nacen pequeños y se van haciendo grandes al recibir a miles de afluentes que son el amor que los agranda.

Una mirada que solo es posible desde el Chocó, la gran selva de los dos mares. Uno de los rincones más biodiversos del mundo, que vino a completar su belleza con un gran error de la historia: la esclavitud, error que nos duele y rechazamos, pero que, a la larga, nos permitió completar también el círculo de la biodiversidad, poniendo en este lugar, ya rico por naturaleza, la fortuna de ser habitado no solo por indígenas, sino también por mestizos y por los hijos directos de África. Los tres, al juntarse aquí, en la tierra del agua, de la lluvia, de los mares, de la humedad, fueron fertilizados para dar lugar a una cultura particular: la cultura chocoana.

Se escucha frecuentemente que los chocoanos «Somos Pacífico», que somos «África en Colombia»; y tienen las expresiones algo de cierto. Sin embargo, nos reducen, puesto que no somos solo eso.

El Chocó es Caribe, el Chocó es la Colombia indígena y, como bien dicen nuestros hermanos Embera, es al mismo tiempo Eyábida (de la montaña), Dóbida (del río) y Phusábida (del mar).Y con cada partecita de eso que somos se va formando una amalgama donde la cultura ya no tiene límites, simplemente es.

Pongo el ejemplo de «motete», la palabra que bendice nuestra organización, donde tuvo génesis esta Flecho. Es tan cierto lo indígena y lo europeo como lo africano de la palabra motete; es una palabra Caribe y Pacífico, tiene equivalente exacto en el embera y es natural para afros y mestizos. ¿A quién podríamos decir que pertenece entonces?

Así es como se va armando esta tierra, a la que no queda remedio más que amar y narrar.

En esto de amarla quiero citar las letras que Eduardo Cote Lamus, un santandereano que, como tantos, se enamoró de esta región: *Yo comencé a amar el Chocó cuando niño, al dibujar un mapa de Colombia. El lápiz iba subiendo desde el sur en la frontera ecuatoriana e iba poniendo límite al mar, recogía la desembocadura de los ríos, pintaba las ensenadas, la rosa abierta de los deltas del San Juan, y del Baudó, las bahías: la de Catripe, la de Cuevita, la de Birudó; le robaba al Pacífico espacio para dejar listo el cabo Corrientes con el Pico de Arusí encima en el que culmina la serranía de Cugucho; devolvía el lápiz y pintaba islas, los pequeños morros, el geme de la mano que comienza en la Bahía de Utría y termina en la de Solano, después de haber hecho un círculo con el nombre de Nuquí; y así litoral arriba hasta llegar a Panamá. Cuando ya estaba el mapa listo comenzaba con los ríos; por abajo el San Juan y el Baudó, por arriba el Atrato y sus cientos de afluentes; las escasas serranías, los pueblos lejanos casi todos terminados en dó. Después pintaba dos barcos por saber que allí quedaba el mar: uno grande en el Pacífico y otro más pequeño en el Golfo de Urabá. Como la imaginación no me faltaba, dibujé la unión de los océanos por el paso del Truandó. Cuando ya el mapa estaba listo lo miraba desde lejos y me parecía una muchacha. Y pensaba que los ríos, esos de nombres tan sonoros, no eran la realidad.*

En lo de narrarla podría citar a mi querida Amalia Lú Posso Figueroa, a nuestro Arnoldo Palacios, a mi paisano Óscar Collazos o al gran Rogerio Velásquez, a Zully Murillo, a Jairo Varela o a su madre Teresa Martínez, a nuestro Da Vinci, Alfonso Córdoba «El Brujo», a Manuel Moya o sus mayores indígenas que, igual que nuestros abuelos negros, tienen en los cuentos de la selva su mejor forma de enseñar, a Waosolo o Murcy con sus fotografías. A las cocineras, las esculturas de nuestros artistas que trabajan madera y la convierten en pequeños jais, ballenas de Oquendo, santos de nazareno, champa o tambora, las casas palafíticas que a veces miran el mar, a veces miran los ríos o les dan la espalda, contándonos con ello la historia de su pueblo, que después se pinta en los cuadro del maestro Hoyos.

Podría citar a quienes cantan alabados en los velorios o las que componen arrullos a sus niños, o a los ajenos −como yo−. Los estribillos que inventan las abuelas para cada uno de sus nietos, la canción que repiten o silban los aserradores, los que cultivan arroz o los pescadores mientras trabajan, las historias que, como la tinta por la humedad, parecen diluirse en el diario de una niña; podría citar los miles de versos que se han cantado al ritmo de Cocorobé.

La cultura chocoana es historias. Relatos tejidos y que nos tejen. Cruzados y anudados una y otra vez, como la catanga, como los motetes.

Todo el tiempo leemos esta selva. Cada uno de ellos la lee, la pasa por su piel, por sus antepasados, por su propia experiencia vital y nace un nuevo relato. Se narra esta selva otra vez y ese relato queda estampado, escrito, cantado, cocinado; y entonces los otros lo miramos, lo escuchamos, lo degustamos. Y así nos encontramos una y otra vez alrededor de esas múltiples lecturas de nuestra selva.

El conflicto nos ha golpeado duro en este Chocó, todas las formas de violencia, todos los grupos han hecho presencia en nuestro territorio, y es bien sabido los muchos impactos que esto genera, pero quizá uno de los más fuertes y menos tratados es el de habernos alejado del encuentro alrededor de esos relatos que somos.

La noche oscura alumbrada con un velón escuchando los cuentos de los abuelos, las esquinas repletas de jóvenes riendo a carcajadas, las caminatas nocturnas por el monte solo para llegar a un baile o a un velorio –que son la misma cosa–, las largas horas de recoger piangua entre amigas y vecinas, o las «enviladas» para coger jaibas con machete mientras la marea baja a la medianoche, semanas enteras de caza en el monte. Faenas de pesca entre amigos, paseos al mar y a los ríos, partidas de bingo o de dominó, muchos bailes de pellejo y hasta balsadas se perdieron. Algunos trapiches se suspendieron y cientos de fogones se apagaron.

La exclusión de la Colombia racista y centralista que da su espalda al Chocó convirtió nuestras historias en cosa menor, poco nos vemos reflejados en la literatura, en el cine o en la televisión, y cuando estamos suele ser desde la mirada externa pasada por estereotipos que nos minimizan o nos confinan a una sola versión. Cuando más, somos el objeto de investigación de antropólogos que nos estudian y luego nos narran.

La música ha sido quizá la forma de mayor trascendencia de nuestras historias, pero es preciso decir que detrás de eso también ha venido un encasillamiento en la oralidad, lo que también es visto como efímero y menor, aunque nadie niegue su belleza. Se reconoce e impone la escritura formal y en español como lo serio e importante, intentando validar u ocultar la incapacidad de leer otros textos. Solo por la ignorancia del embera, del wounaam, u otras narrativas afro, se elige el camino de invisibilizarlas.

Se hace necesario entonces volver a encontrarnos, reconocer y valorar las narrativas propias y las de los otros, regresar al acto cotidiano de juntarnos alrededor de la palabra, conversar sobre las múltiples lecturas de nuestro entorno y acercarnos al mundo a partir de eso que somos, lo que es, sin duda, un acto de reconciliación. Por eso hacemos Flecho, para que ocurran estos encuentros y nos permitan tejer puentes sólidos para la paz.

Y de paso asumimos el reto de tener nuestro propio evento del libro, nos embarcamos en la aventura de mostrarnos y ser noticia desde nuestras potencialidades y ya no desde nuestras necesidades, nos atrevemos a dinamizar la economía de nuestra capital con el ejercicio del derecho a la cultura. Aprovechamos nuestra naturaleza comunitaria y colectiva para sacar adelante una iniciativa a muchas manos, con muy poca presencia de la frágil institucionalidad pública de nuestro territorio, pero convencidos de que este camino también es posible.

Narrémonos, pues, y escribamos en estos cinco días un nuevo relato que tenga la esencia de lo más profundo del Chocó, una historia oral y escrita, con prosa y poesía, en la que se pueda leer la selva de los dos mares.

Quibdó, 11 de abril de 2018

Querido amigo,

La semana pasada me sentí enferma, con varios síntomas. Hace un tiempo estoy sin mis gafas y creo que eso me está causando mareos. Tengo una lista de pendientes enorme. No paro de trabajar. Con alegría, con buen ánimo. Aparentemente soy fuerte siempre. Conservo la calma, busco soluciones a todo. Estoy sonriente. Me levanto temprano y sigo.

Yo no tengo espacios por fuera de Motete, los pocos que tengo son con mi marido y en la casa, que es básicamente lo mismo.

Soy muy cuidadosa de lo que digo, así que no me quejo de todas estas cosas con nadie. Los pocos problemas de los que hablo o que comento son los de Motete, que son normales, y siempre termino diciendo que igual lo vamos a solucionar. Me acostumbré a hablar de la belleza: de los logros, de los proyectos. Sin embargo, es real que me enfermo, me canso.

Seguro que vamos a conversar de todo esto. Seguro que se me va a pasar. Lo que más me inquieta es que quizá intento ocultar mi vulnerabilidad. Que quizá asumí que es mi deber ser fuerte. Y olvido que tengo derecho también a derrumbarme a veces.

Esto, por ejemplo, lo escribí en distintos momentos, porque cada vez que tengo que atender algo, saco mi cara de siempre y atiendo, con la mejor actitud, lo que haya que atender.

¿Qué pasa si me dejo derrumbar, si dejo de fingir que soy fuerte, y grito y lloro? ¿Qué pasaría si un mañana decido que no quiero levantarme?

Seguro pasará un día de estos, como ya me ha pasado antes. Mientras tanto sigo en este papel.

Besos,
Vel

Quibdó, 18 de abril de 2018

A veces siento que estas cartas tienen menos poesía, que se han vuelto funcionales. Y eso me duele un poco. Pienso que quizá es que mi vida misma tiene menos poesía, aunque esté dedicada a la poesía. Y me refiero a esto de contemplar y condensar lo que se siente en las palabras precisas. Me la paso solucionando y atendiendo cosas del día a día y contemplando poco.

Motete está creciendo. Y me hace recordar a la Velia de doce años, tan distinta, contrariada, poco amigable en el colegio, solitaria en los descansos, que no se acomodaba a sus nuevas medidas, que era demasiado delgada y se había alargado muy rápido, así que era demasiado alta para lo delgada que era.

Muy rápidamente dejaron de servirme los zapatos que tenía, y como ya me había llegado la primera menstruación, mis tías insistían en que dejara de usar las pantaloneticas de niño que tanto me gustaban. Mi prima Yaja empezaba a lucir una figura con curvas, era muy linda. A mí en cambio no me salían senos ni se me ensanchaban las caderas, solo me estiraba, y se notaban cada vez más mis dos dientes de adelante. Todos mis dientes superiores en realidad.

Así que mi lucha diaria se centraba en intentar calcular mis nuevas medidas. Y mientras tanto quebraba todas las cosas de cristal que hubiera a mi paso. Me tropezaba con todo y me caía. Un par veces me caí en

119

el salón de clases y se burlaron de mí hasta el cansancio. En la casa me sentía segura, por lo menos un poco, aunque apenada porque como era la casa de mi tía y no era del todo mi casa, me daba mucha vergüenza quebrar tantas cosas. Pero en la calle me sentía bastante mal.

Llevaba unos pocos meses en Cali y la estancia había sido muy difícil para mí: un nuevo colegio donde me rechazaban por negra y por buena estudiante. Por muchas cosas no lo recuerdo como una buena época. Pero bueno, nada de eso viene al caso.

Lo relevante de esa época es que a fuerza de lidia o porque así es la vida y simplemente toca, yo me tomé mi tiempo, pero aprendí mis nuevas medidas. Y poco a poco me fui acostumbrando y aprendiendo a amar ese nuevo cuerpo. Uno al que finalmente nunca le salieron «suficientes» senos, con los dientes que una ortodoncia posterior acomodó un poco. El maxilar superior y los dientes no sobresalen, pero los dientes no se juntaron nunca del modo supuestamente perfecto que se esperaba. Me quedé con un diastema y otros espacios pequeños donde alguna vez estuvieron los dientes extraídos para medio acomodar lo de verme dientona. Tuve que aprender a ser más cuidadosa que el resto para no golpear las cosas o quebrarlas, y en mi nuevo curso, en octavo, ya me sentía más respetada en el colegio, sentía que lo había ganado por mi disciplina. Hasta el grado once se burlaron un poco de mi cabello, decían que era como el del león del Canal A, porque a veces me lo dejaba suelto y era crespo; porque era virgen me decían a modo de chiste que eso daba cáncer, que «se lo diera» al único novio que tuve en el colegio, poco antes de graduarme y durante unos tres meses. Por supuesto, él me terminó porque no se lo di. Por cómo me vestía, Fabio, uno de mis compañeros, decía que combinaba más una arepa con chicle que yo, porque me ponía faldas con camisetas y tenis o sandalias deportivas; pero para ese momento esas burlas me eran indiferentes, ya era una jovencita que se reía a carcajadas, exhibiendo sus dientes salidos y su pelo alborotado.

Más adelante, cuando llegué a Medellín y empezaba la universidad viví algo similar. No me acomodaba a los espacios de encuentro de mis compañeros; yo estaba acostumbrada a vernos para bailar, y en Medellín se reunían a hablar y beber. En la fila de la cafetería de la universidad me halaban el cabello para ver si era de verdad. No sabía bien cómo vestirme ahora que era universitaria, y constantemente me sentía incómoda. Solo ahora soy consciente de ello. El cambio no era tan evidente en mi cuerpo por la edad que ya tenía, pero en esencia era lo mismo: estaba creciendo.

Motete está creciendo, y como estoy al frente de esto o como de alguna manera Motete y yo somos la misma cosa, entonces estoy viviendo otra vez esa sensación de volverme a medir, de calcular nuevamente el tamaño.

No tengo muy claras las dimensiones y eso me pone en el gran riesgo de ser torpe, tropezarme y caer, pero ahora caer no significa simplemente que mis compañeros se rían, es poner en juego lo que he definido como mi proyecto de vida.

Tengo un miedo enorme a quebrar cosas. Me inquieta que otras cosas, como mi ropa a los doce, no me queden a la medida. Me da miedo no saber distribuir bien la atención, podría perder tiempo calculando las nuevas medidas, mientras algunas situaciones se me salen de las manos.

Físicamente ya Motete es más grande, tomamos el segundo piso de la casa por quinientos mil pesos más, y en este segundo piso quedan la cocina de los refrigerios y almuerzos, las oficinas y el espacio de producción de la torta. Tengo una oficina linda, a la que le entra la luz natural, donde siento que puedo pensar mejor, aislarme un poco, leer en calma. Estoy terminando de ponerla bella.

Pienso mucho en qué cosas debemos hacer y cuáles no. Hacia dónde queremos crecer.

Por ahora, espero que esos dolores propios de cada crecimiento no me vengan tan duro esta vez.

Besos y abrazos,
Veliamar

Quibdó, 1 de junio de 2018

El martes regresé de Bahía Solano para retomar las tantas cosas que hago acá. Fui a votar y a ver a mi abuela antes del viaje que tengo pronto a España.

Quería escribirte a mano a mi regreso, pero no ha habido espacio. Por ahora te mando unas breves letras que escribí en mi paraíso. No tenía papel. Y de haber tenido seguro estaría mojado. Es mucha humedad la que habita ese pueblo. En realidad somos agua.

Besos.

Bahía Solano, 28 de mayo de 2018

Querido amigo,

El sonido de las muchas aves que habitan este pueblo me acompaña a esta hora. Aquí han cambiado muchas cosas: ahora se habla del narcotráfico abiertamente, se reconocen las familias y las personas que se dedican a ese oficio, que por momentos pareciera ser más digno que el de pescador o el de maestro. En las familias de coqueros el oficio es de todos. En los andenes de las casas cambiaron los temas de discusión, se habla de kilos, de viajes, de quienes están en las cárceles de Centro América o Estados Unidos; sin embargo, se ve que esta tierra es cimarrona y sabe de resistencias.

Anoche la luna salió por el mismo lugar de siempre. Radiante, alumbraba el mismo balcón de mi infancia, que aún conserva trozos de madera de hace treinta y cinco años. La lluvia cae y hace correr la tierra, y las calles se hacen cada vez más altas y las casas aparecen centímetro a centímetro cada vez más metidas en la tierra. Y entonces, ni las casas más brillantes, ni las más grandes, ni las que lucen mármoles blancos como el producto que genera el dinero con que se construyen, terminan de dar una sensación de crecimiento o de lujo. Este sigue siendo un pueblo simple, cuyo encanto viene del mar y del monte, solo que ahora el salitre movido por los vientos Alisios no carcome los materiales de siempre sino que se enfrenta a vidrios azules, ladrillos y rejas altas, que al final no pueden resistirse y terminan tomando el mismo aspecto de todo aquí: un poco abandonado, algo viejo, oloroso a humedad y con verde naciente por cada rincón, habitado por cangrejitos que se alejan de sus casas y ocupan las casas de la gente.

Como hablamos, esto no es pacífico. Pero debo decir, querido amigo, que nada me da más paz que estar aquí. Hay cosas que se acercan mucho, ya sabes: leer con los niños, hacer Flecho. Pero en este estadio más profundo del alma debo aceptar que nada ni nadie me despierta lo que siento aquí. Sospecho que cada respiro es como volver a tomar mi primer aliento de vida.

Camino en la playa con marea baja y disfruto cada paso porque los dedos se me entierran en la arena. Me meto al mar, aunque me gusta más contemplarlo, y en el agua intento flotar y mirar al cielo, concentrarme en sentir que me fundo, que soy una sola cosa con todo esto que, creo firmemente, es lo que ha incidido en mi modo de ver el mundo, en el carácter que tengo, en mi relación con el agua y la tierra.

La llenura del alma me aleja las palabras de los labios, siento que no las necesito tanto, me lleno de silencios. Por eso creo que la mejor forma de contarte lo que pasa aquí es que vengas algún día, para que miremos al mismo tiempo este mar que por estos lados en realidad se mueve de Norte a Sur.

Abrazos,
V.

Cuenca, 6 de julio de 2018

Querido amigo,

Nunca te he pedido permiso para escribir. ¡Lo hago y ya! Lo sabes bien.

Te he dicho, y es real, que no imagino respuestas de tu parte, ni siquiera las espero. A veces las deseo porque me dan alegría. Así que todas tus respuestas están perfectas. Sé muy poco de tu vida fuera de estas letras y no siento curiosidad.

No estoy interesada en entrar al plano o conocer tu vida real. Incluso se me hace extraño cuando escucho tu voz, porque no es la dimensión en la que siento que me relaciono contigo. No marcaría tu número de teléfono a menos de que fuese de suma urgencia o necesidad. Un par de veces he querido hablarte y te lo he pedido de forma explícita, pero es una rareza.

Sí siento que este ejercicio de escribir esas palabras de ida y vuelta ocupa un lugar importante en mi vida. Esto me inspira, me da tiempo de intimidad, vuelvo sobre las letras una y otra vez. Pero los dos sabemos que poco tienen que ver contigo, y un poco más conmigo, pero especialmente es entre mis palabras y las respuestas tuyas.

Eres muy relevante, indispensable, sin duda; se trata de tus palabras. No creo que haya nadie más en el mundo dispuesto a esto, ni con las respuestas seguras, ni con la mirada amplia y la sensibilidad que son en esencia lo que permite las respuestas «perfectas».

Las personas normalmente quieren más o menos que esto. Más lo asimilan a amores del plano material, que se cuentan la vida, se llaman, se encuentran, se prometen, se dan regalos, o menos, que son amistades un poco ausentes o sin compromisos. Presencias esporádicas que no representan vínculos. Esto no es ni más ni menos.

Es una especie de creación que no admite adjetivos ligeros. Yo no te tengo en mi lista de amigos, aunque en cada carta te llame así y muchos comportamientos sean los de un gran amigo. Me parece una definición ligera puesto que no somos tan amigos en realidad, pero llegas a estar más que muchos amigos. Tú sabes bien cómo es. No voy a esforzarme en explicarlo más. Sabemos también que hay cosas que son y no requieren explicación.

Esto es una parte importante de mi vida y quiero que dure mil años. No quiero que nunca una palabra mía llegue a perturbar tu vida real. Yo te imagino feliz, saludable y cargado de sentido. Y eso que imagino me es suficiente.

Sigamos, querido amigo, en este mar que no es del Norte ni del Sur, que no se sabe a dónde va porque no lo necesita, que va y viene, que es solo presente pero sabe de su estela y sigue hacia el futuro.

Te quiero.

Querido amigo,

Te cuento que en Cuenca tuve un episodio que hace años no experimentaba y que apenas me está pasando. Quizá por la resequedad del verano, supongo que especialmente porque vivo en el agua y me fui a un sitio seco donde pasé veinte días sin ver la lluvia. O quizá por las razones emocionales que intentaré explicar; el caso es que me dio una dermatitis muy fuerte en mis manos, y como los reptiles, cambié totalmente de piel.

Fue difícil al principio, porque no podía agarrar casi nada, ni escribir en el computador por mucho tiempo. Hubo un momento en que no soportaba ni el celular y que tuve que ponerme guantes, como durante el viaje de regreso, para cargar mi morral.

Mis huellas digitales desaparecieron por completo. Uno de los días, quizá el más difícil, no soportaba ni agarrar un lapicero. Lo de no tener huellas digitales me trajo un pequeño problema en Bogotá, que demostró la falta de humanidad en algunas instituciones: no pude reclamar un giro que me envió mi papá, aunque tenía mi pasaporte, mi cédula, era yo misma y evidentemente no tenía forma de solucionar lo de mis huellas digitales. Se necesitaban al menos diez días para que mi piel saliera otra vez.

Aún tengo piel cayéndose en algunas partes, y la piel nueva es muy delicada todavía; si la punta de un libro de tapa dura me golpea, como ya pasó, se me rompe un poco la piel o se me hace un pequeño hematoma. Además de lo doloroso que pudo ser, en todos lados me preguntan sobre mis manos, incluso en los espacios de seguridad de los aeropuertos. En Quito me pidieron quitarme los guantes y bueno, se sorprendieron un poco y se disculparon.

Muchas personas dándome diagnósticos y recetas. Al principio me irrité un poco con todo eso, pero luego empecé a abrazar mi cambio de piel, a entenderlo, incluso a amarlo. El tiempo de quietud, de silencio, de soledad en Cuenca, fue un pare para ver la vida en la distancia, un pare para calmar las muchas angustias de los meses anteriores.

Tener las manos «inútiles» me obligó a recibir las atenciones de Margarita, la amiga que me recibió en su casa en Madrid, y entonces la Velia que siempre está ocupada de entregarse, tenía que ocuparse de recibir.

De vez en cuando viene bien un cambio de piel.

Cambiar de piel, en las manos. Tanto símbolo junto, dijiste por chat, y me quedé pensando en eso.

Manos para dar y recibir. Construir. Perder las huellas digitales, la identidad. El dolor del cambio de piel. La quietud y el silencio que provocan cambios, movimiento y mensajes, muchos mensajes del cuerpo en medio del silencio y la quietud. La piel nueva es suave, transparente, delicada aun.

Quibdó, 31 de agosto de 2018

Querido amigo,

Quiero contarte muchas cosas, siempre quiero, pero no me da la vida para contártelo todo. Ahora tengo una sensación nueva para mí. Motete parece caminar ya. Perdí la sensación de estarme entrenando. Siento nuevos retos. Ya no me angustian las mismas cosas. Estamos estrenando una caja registradora y la semana entrante nuevo software contable. Crecemos, sin duda. Y crecen mis compromisos, y se disminuye el espacio para ciertas cosas que amo. Claro, todo lo que ocupa mi tiempo me es absolutamente apasionante.

Me metí en el trabajo completamente, y esa falta de efusividad de la que te hablé alguna vez se quedó a vivir en mí casi todo el tiempo. Salvo contadísimos momentos, me he convertido cada vez más en esa bahía en calma, profunda. No puedo negar las turbulencias del fondo, pero estoy bastante serena.

Al final creo que no es necesario contarlo todo, estoy bien. Todo va bien. Lo importante es que no solo sigue quedando espacio para la poesía, sino que vivimos constantemente en una.

Lo más bello de todo esto es que no he vuelto a sentir que no voy a ser capaz. Llego a Medellín el 24 de octubre, como a mediodía. Tengo disponible esa tarde noche. El jueves y viernes estaré en el Encuentro

Nacional de Promotores de Lectura. Y me quedo hasta el lunes 29 en la tarde. Podríamos desayunar ese lunes, o el sábado.

O tomarnos algo al atardecer del miércoles. Cuéntame qué te queda más fácil.

Vel

Quibdó, 2 de septiembre de 2018

Leí tu mensaje, lo releí. Qué bueno que vayas a descansar. No nos veremos esta vez y confieso que sentí tristeza al leerlo. Siento tristeza ahora al escribirlo.

Medellín es cada vez más un recuerdo que amo. Deja poco a poco de ser presente. No pensé que esto pudiera ocurrir tan rápido. Tres años es poco. Supongo que esta correspondencia evita que pase eso contigo también.

Ya llegará una nueva oportunidad en la que alguna institución me invite a algo. Y entonces iré. Por supuesto, te contaré. Tengo un regalo para ti. Y quería entregártelo en tus manos. Creo que lo conservaré hasta que nos veamos. Hay cosas que están hechas para ciertos instantes.

Abrazos,
Velia

CHARCO PRESS

Directora editorial: Carolina Orloff
Editor y coordinador: Samuel McDowell

www.charcopress.com

Para esta edición de *Aguas de estuario* se utilizó
papel Munken Premium Crema de 90 gramos.

El texto se compuso en caracteres
Bembo 12 e ITC Galliard.

Se terminó de imprimir en el mes de enero de 2024
en TJ Books, Padstow, Cornwall, PL28 8RW, Reino Unido
usando papel de origen responsable en térmimos
medioambentales y pegamento ecológico.

MIX
Paper from
responsible sources
FSC® C013056

FSC
www.fsc.org